Blue Balliett

THE DANGER BOX

危险的盒子

[美] 布鲁·巴利埃特 著　子淇 译

人民东方出版传媒
People's Oriental Publishing & Media
東方出版社
The Oriental Press

目　录

献给三棵橡树小镇的孩子们

它就像供认一场谋杀。

——查尔斯·罗伯特·达尔文

他的手紧紧抓住紫色的岩石。

——克劳克特·乔森

作者的话：打开盒子

《危险的盒子》中的东西，有一样是真的。它在很久以前就被偷了，直到现在仍然不知所踪。这件东西易碎，但又很好辨认，价值连城而又小巧，一个口袋就能放下它。我迫切地想知道这件宝物的下落，解开这个秘密。其实，我同时也在想：

每一本书就是一个装满了思想的盒子。

每一本分享秘密的书就是一个“危险的盒子”。

总有一天，会有人发现隐藏在这本书中的秘密，那个人说不定就是你！

游戏开始了！

The Game Begins

12 个用金色墨水书写的单词赫然出现在密歇根州迪尔伯恩（美国的一座城市。——译者注）一个办公室的墙上：

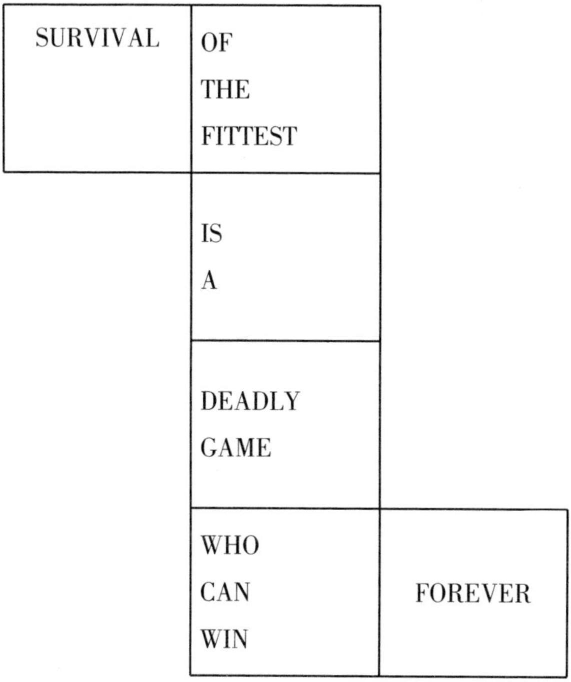

翻译成中文大意是：**适者生存是一场你死我亡的游戏，谁能成为最终的赢家？**

围绕着这 12 个单词是许多美丽的照片：哺乳动物的、鸟类的、鱼类的、爬行动物的以及各种植物的。

这些照片五彩缤纷，使人感觉照片上的事物栩栩如生：那些羽毛好像在簌簌轻响，花朵在轻轻摇曳，眼睫毛在悄悄眨巴。办公室的主人是一个男人，人们都叫他兹珀先生，多年来，没人知道他的真实姓名是什么。

在他桌子的一角是一个由巨大的龟壳做成的大碗，里面有几十个小小的玻璃立方体，每个小立方体的六面都涂有颜色，在阳光的照射下闪闪发光。兹珀先生有时会像掷色子一样玩儿这些小立方体。

他当然深谙生存之道，只是他可能忘记了一个秘密背后可能隐藏的危险。他已经老了，他想通过一件意外获得的宝物给他短暂的生命画上一个完美的句号。

兹珀先生花掉了他大半生的积蓄，从一个私人收藏者那里买到了这个物件。他没问任何问题，对方也没给任何答案。但他知道，不久后他将成为一位英雄，因为他发现并拯救了人类历史上一件世界闻名的宝物，一件已经丢失了 25 年的宝物。在公司度过了几天如梦似幻的日子，兹珀先生决定将宝物还给它最原始的拥有者。这是一项挑战，一门关于信仰和忠诚的艺术，同时也是一个游戏：兹珀先生将会作为一个慷慨的好人为人们所铭记，一个有情有义且富有谋略的人。他希望，通过将这宝物归还给世界而获得自己人格上的永恒的胜利。毕竟名誉也算是生命的一个部分，不是吗？

这是一个近乎完美的计划。

他雇用了 4 个人参加这场游戏，他们彼此之间从未谋面，只知道各自的任务。这一系列的行动是为了传送一个坚固的小盒子，盒盖上有铰链锁着，盒子约 1 英寸见方，外面满是划痕和斑点，被强力胶带密封得死死的，然后用透明的塑料薄膜包裹。

没有人希望遇到第五个游戏者：死亡，但它却突然闯入这个游戏，于是，一切都失控了。事情是这样的，当这个盒子在大西洋上乘船漂流的时候，船上闪闪发光的舷窗顶部发出了一圈耀眼的光芒。恰在此时，在6月一个晴朗的日子里，兹珀先生突然去世了。最后几缕气息从他的身体里消散，就像船尾的气泡渐渐消失。每一刻，盒子都向自己的终点更进一步。

兹珀先生是在游泳时突发心脏病去世的，这太致命了！当他的私人助理把他从游泳池中拉上来时，参加游戏的第一个人正将盒子交给在纽约等待的人手中。完成这一切，第一个游戏参与者深深地吸了一口气，决定在飞回伦敦前，先在曼哈顿度一天假。

很快，第二个游戏参与者就驾驶着一辆租来的汽车，行驶在横穿宾夕法尼亚州的路上，盒子放在副驾驶位上。接着，它到了第三个游戏参与者手上，由一辆送货车载着，一路乒乒乓乓到达俄亥俄州的托莱多。

盒子的最后一段旅程是在一辆崭新的福特卡车上。这最后一个游戏参与者有一个空枪架傍身，正从托莱多市赶往密歇根。他接到的指令是直接去往弗林特市，确定无人跟踪后，循原路返回迪伯恩郊区的一座庄园。

兹珀先生的助手对这个游戏一无所知，他从未听兹珀先生说起过这个计划、这些参与者和这个盒子。他对此事复杂的支付体系亦一无所知，也不知道数百万美元正从美国境外的一家银行流出。

兹珀先生没有将此计划告诉任何一个人——任何一个活

着的人，因为他没想到自己会意外死亡，他认为自己会活着看到游戏的结果。

但是，结果证明，这一切都乱套了，死亡改变了所有规则。

很快，几个人和一个小镇将卷入这场游戏：祖米、劳拉、一个叫“瓦斯”的男孩儿、一个酒鬼、一个陌生人和密歇根的一个小镇——当然，如果还能称之为游戏的话。

祖米的盒子

Zoomy's Box

我从杂物间的后面把这个"危险的盒子"拉出来，然后蜷着身子，蹲在一堆耙子和锄头旁边。这是一个6月的夜晚，外面狂风大作，厨房的灯投射出来的影子互相碰撞着、追逐着。只有我一个人在，至少我觉得只有我一个人。我小心地打开盒子，这是一个樱桃木做的小箱子。顿时，一股火药味扑鼻而来。

里面是已经燃过的爆竹碎片和一些陈旧的霰弹枪夹。我不需要看，只用手摸便知道它们是什么。每一年我都往里面放点东西。现在，我闭着眼睛，把手伸进这些东西里。

耶！我摸到了一层布，感觉到了布的下面坚固的物体。

"可怜的东西！很抱歉把你埋在这里面。"我轻声自语着。

我一边数着数，一边轻轻敲着下巴。我从1数到12，每个数字代表着我生命中的每一年。哒，哒，一下一下，轻敲着下巴。外面，狂风掠过大树，发出呼呼的声音。

就在我要把盒子放回原处的时候，外面忽然传来一阵脚步声。这脚步声不是爷爷阿什的，也不是奶奶爱尔。我在黑暗中摸索着，抓住杂物间的门边缘上的一颗钉子，慢慢地把门关上。我不敢关得太快，因为这样的话门会发出"吱吱"的声音，我的秘密就泄露了。

我屏住呼吸，竖起耳朵仔细听着：什么东西被踩扁了，什么东西被撞到了，又是什么东西被踩扁了……是一个男人，我从他脚步的轻重就能判断出来。

屋子里很黑，像墨一样黑。嗵！嗵！嗵！我的心狂跳着，感觉就要爆炸了。我假装我的心脏在“危险的盒子”里，已经爆炸。

我的到来

I Arrive

我一直或者说几乎一直住在密歇根的三棵橡树小镇：我刚生下来没几天就被人放在我现在爷爷奶奶家厨房的台阶上。那是一个春天的早上，我被一件运动衫包裹着放在一个用来装猫的笼子里，连胳膊也被紧紧捆束在一起，以保证我不被冻着。笼子的门是关着的，奶奶爱尔说它很小巧。

笼子的顶部贴着一张纸，上面是陌生的笔迹。我奶奶一直保留着它。纸上有一个字拼写错了，但是可以看出来，写它的人很用心，使它看起来就像罐头标签一样整洁清晰：

> 我的爸爸叫巴克艾·张伯伦
> 我叫祖米
> 请收留我

那天早上，爱尔奶奶刚到厨房，就听到外面有奇怪的声音，于是打开后门查看，然后就发现了我。当爷爷阿什顺着台阶下到厨房，嘉姆——我一般这样叫奶奶——正抱着我坐在厨房桌子的旁边，脸上还挂着泪水。

“天哪，这是什么？”爷爷打雷似的声音响起来。嘉珀斯（Gumps 为俚语，意为笨蛋、傻瓜。此书中采用其音译——嘉珀斯。祖米管爷爷叫 Gumps，并非不尊敬，而是一种亲昵的称呼。——译者注）——我给爷爷起的外号——说话总是很大声，因为他有些耳背。他看了看手提笼：“那是小猫还是个孩子？”

“他叫祖米，”奶奶说，“他现在属于我们了。”

三重秘密

Secret Times Three

我爷爷有些疑虑，但他尽力掩饰下去。当时的我头发是黑色的，肤色是秋天橡子的棕色。在那一瞬的震惊里，他有些不解，他的家庭成员里没有深肤色的。他挠了挠头，只是继续说："但他叫祖米。"爷爷停顿了一下，又说，"好吧，就照你说的。真是的，乌龟怎么会长出翅膀来呢？"爷爷在万分困惑中只能含混地说了这几句话。

我一会儿会告诉你谁是巴克艾，祖米又是什么，然后你就明白为什么他们知道我是谁了。

巴克艾是他们的儿子，且是他们的独生子。到我出现那天，他已经 8 个月未曾露面了。我的爷爷奶奶天天查看信箱，希望能收到一封巴克艾写的信，或者希望能接到一通巴克艾打来的电话，日复一日，周复一周。他们真的非常担心——巴克艾那时才 19 岁。

嘉珀斯说巴克艾很叛逆。他开着家里的卡车绕着不止一棵树飞飚转圈子，他喝得酩酊大醉而不自知，他喜欢在外面和女孩子们鬼混。他总是惹是生非，骂人打架一样不落。无论在学校还是和警察，他总是麻烦缠身，有一部分原因是因为一出问题，他就归咎于别人。他总将别人的好意当成恶意。或许如嘉姆所说，他也想做个好孩子，但是他把握不住度，不知道何时该去信任，何时该停止恶作剧。

“恶作剧?”嘉珀斯轻哼道,“触犯法律是恶作剧?”嘉姆的头不自在地晃动着,她总是这样,只要嘉珀斯一说这样的话,她就会不自觉地做这个小动作,好像她的衣服领子很不舒服似的。

高中毕业后不久,巴克艾就搬到了20多英里外,在一个桃农的谷仓顶部的阁楼里住下,并且在这个果农的果园里工作。他居住的地方叫柏林泉。

后来我爷爷奶奶接到一个电话,说巴克艾已经旷工3天了。据他的老板说,他失踪的那天下午像往常那样离开果园,然后就再也没回来。几个月过去了,巴克艾杳无音讯,没有一个电话,也没有一封信。我奶奶把这段时间叫做“等待巴克艾的日子”。所以,我猜当嘉珀斯下来没像往常一样看到咖啡,而是看到嘉姆激动地啜泣,这应该是这么长时间以来老两口最高兴的一个早上。

祖米是小时候巴克艾对他那个神秘的最好的朋友的称呼,他非常非常爱祖米。那个时候岁月静好。

这就是我名字的由来。这个家庭外的人是不知道这个名字的。嘉姆曾经让小巴克艾对外保密,不要提起他这个朋友。这样一来,我的身份就确定了——一份给爷爷奶奶的珍贵的礼物。或许巴克艾曾经对他的女朋友说起过,他希望他们的孩子叫什么名字,或者他曾经和女朋友分享过童年的这段往事。无论怎样,对于嘉姆和嘉珀斯来说都是一样的,我的名字就是证据,毫无疑问,我是巴克艾的儿子。

我是一个秘密,诞生于另一个不能说的秘密。第一个不能说的秘密是那个神秘的小巴克艾的朋友祖米,现在这个不能说的秘密是真正存在的——我。

同时，我妈妈的身份也是一个秘密。所以，我是源自两个秘密的秘密，这样算起来，就是三重秘密了。

而这所有的一切都发生在一个小镇里。

我们的小镇

Our Town

三棵橡树小镇有一条大街，开往芝加哥和底特律两城的火车从小镇中间穿过但并不停留，当然，这是在 1959 年以前。在榆树街（这条街上店铺林立）的两边，是一条条和它平行的街道，西边两条，东边三条，街道两旁是一栋栋木头房子。小镇边界处有一个古旧的指示牌，上面写着：

欢迎来到三棵橡树小镇
我们为您的到来而高兴
遗憾您的离开

我心中牢牢记着一份从北到南的官方地图。大部分街道都是由树名命名的：

松树街
栗树街
胡桃街
七叶树街
白胡桃街
山胡桃街
樱桃树街
白杨木街
山毛榉街

梧桐街

枫树街

榆树街

菩提树街

白蜡木街

洋槐街

橘树街

云杉街

棕榈树街

橡树街

雪松街

番木瓜街

木兰街

在这些街道之后是广袤的玉米田和大豆田，马路和草地在开阔地忽然消失。在我们这个小镇，没有什么栅栏、篱笆，土地的边界线由庄稼和树木自然分隔而成。

夏天，小镇是深深浅浅的绿，间或夹杂着其他色彩；冬天，小镇是一片起伏的白色，当那白色厚重起来，小镇看上去就平坦许多；早春或深秋，小镇是棕色和黑色的，就像一张年代久远的老照片。我的口袋里总是装着一支紫色的钢笔，用来在我的日常记事本上记下这个世界的强大和清晰。

紫色是我的秘密之一，它让我觉得自己能将这个世界看得更加清晰。

紫色和不！

Purple and No

紫色（PURPLE）和不（NO）两个词总是在一起。在我的意识里，它们都给我一种圆形的感觉。

我试着在记事本的第一行的某处用上“紫色”这个词，比如，“把紫色钢笔放入口袋”，然后在最后一行用上“不”，比如，“不要穿着袜子睡觉”。这样，用这两个词作为每天的两个端点已成习惯，似乎它们本应如此，就像勺子就是应当放在餐具抽屉里那样理所当然。

每天都是一个循环的圆，以“紫色”开始，以“不”结束。

奶奶说，“不”告诉我们要时刻对外部世界保持警惕，而“紫色”则是信任的颜色，代表着信任。

如果我是一张床单

If I Was a Sheet

我是离开记事本就活不了的人。记事本能将一大堆乱七八糟的事情记下来，慢慢沉淀，然后使各项事情有条不紊地实施。嘉姆说，在做事情之前就要准备好记事本。

在我的记事本旁边，是记录其他各种事情清单的一个个单独的本子：本子封面上标记字母 P（英文 private 首字母，private 的中文意思为私人的、隐私的。——译者注）的，用来记录小秘密；本子封面上标记字母 R（英文 research 的首字母，research 中文意思为研究、探寻。——译者注）的，用来记录我想探究或研究的事情；本子封面上标记字母 N（英文 name 的首字母，name 中文意思为名字。——译者注）的，用来记下我喜欢的名字；本子封面上标记字母 B（英文 bug 的首字母，bug 中文意思为小虫。——译者注）的，用来记录我自己发现的或者别人给我的小虫子；还有标记字母 G（英文 garden 的首字母，garden 中文意思为公园。——译者注）的，记录公园的相关事项；标记字母 S（英文 store 的首字母，store 中文意思为贮藏。——译者注）的，记录我家的储藏。我把所有的本子都放在我床底下的鞋盒子里。

我记录的事情在旁人看来都是无关紧要的事情，像起床、穿衣、叠被等所有类似的小事。每当完成一件事，我就立即把它划掉，无论当时我在哪儿。

在不用这种方式记录之前，我几乎很难做成一件事情。即使我知道我要做的事情，有的时候我就是做不到。于是，我开始反复按眉毛、敲下巴、搓胳膊肘。我更小一些的时候，如果爷爷奶奶想阻止我，还会招来我的尖叫。

于是奶奶意识到，在我上学之前，要用一些特别的方法来教我，一些适合我的方法。她尝试着帮我形成自己的一套规律，比如每天早上起床前先伸展一下胳膊和腿。这个方法没有奏效——因为我开始纠结，我是先伸左腿再伸右腿，还是先伸右腿再伸左腿呢？于是，我换了一个办法：我在穿袜子前先挨个把每个脚趾头都捏一遍，然后戴眼镜前先将眼镜绕着两只耳朵甩一圈。如果这个圈甩得不完美，我就不得不再甩一圈，直到自己满意为止。这样一来，事情就开始变得复杂无比了。

终于，嘉姆找到了解决办法：列清单！那天嘉姆说："如果没有清单，我就会丢三落四的。嗯，就是它了！"说完这句话她就转身离开了，再回来的时候手里拿着一个记事本，是三棵橡树小镇的药店里那种小小的本子，这是我的第一个记事本。

爷爷奶奶从不会像我这样。他们就像在微风中晾晒的床单——但是可以按照他们自己的意愿随时转换方向而不受到风的影响。但我就不同了，如果我是一张床单，一有风吹草动，我肯定就会乱成一团了。

他们很早以前就知道，哪怕再小的改变也会令我紧张不安。每当紧张时，我的心就会在胸腔里疯狂跳动，身体僵硬且轻轻颤抖。在我小一些的时候，嘉珀斯换一双新靴子，嘉姆将给我的三明治从三分之一份变为半份，或者他们给我买一条新裤子，都要事先跟我说一声儿，所有他们能够想到的改变现状的事情，都会事先告诉我，让我有心理准备接受这些改变，不因突来的改变而紧张不安。

我想和他们永远生活在一起。

新闻

News

当第四个游戏参与者从密歇根州弗林特市一个路边的酒吧卫生间出来时，他听到有人在说一个建筑物的名字。这个建筑物就是他的终点，也是他接到的任务单上的最后一项任务。

“真见鬼！发生什么事了?”他低声嘟囔着，在酒吧里的一个凳子上坐下，向上看去。此时酒吧里非常安静，只听见新闻播音员的声音。

他听到播音员说：那扇大门非常有名，那宏伟的大门门口，没有像其他豪宅那样用狮子雕像来装饰，而是由镀金的1964年福特野马汽车装饰的……他不相信自己听到的消息：这家著名住宅的主人，兹珀先生，因突发心脏病去世了。新闻播音员面带职业微笑宣布着这则消息，作为美国最富有的汽车制造商之一，兹珀先生没有在世的亲人，那么，他去世以后，遗产由谁继承呢?

正在听新闻的这个男人猛地拍了一下眼前的吧台。

我看到的……

What I See

在其他人眼里，我和他们是不一样的；在我眼里，他们和我也是不一样的。我们看到的东西是不一样的。虽然并非完全看不见，但是我的眼睛患有病理性近视，因此从法律上来说我算是盲人。我爷爷奶奶认为这是一件好事，因为这样一来我就能获得很多免费的帮助。

从鼻尖往前伸出一根手指，这个距离是我能看清的最远距离。为了看得更远一些，我必须戴上特殊的眼镜，这副眼镜很重，镜片能有家里做的燕麦曲奇那么厚，镜框是棕色的。戴上眼镜后你还能看见我的眼睛，但是我估计你会觉得它们看起来很遥远，好像是在隔壁屋似的，这叫作光幻觉。从我这方面来说，眼镜能帮我看清楚眼前一臂距离之内的事物，但是也只是限于正前方，在我视线边缘的事物，即使是直的，在我看起来也是弯的。奶奶说等我长大了，可以换一副和望远镜差不多的眼镜，或者能有一副隐形眼镜。她说到那时，会有更多适合我们这样的人的发明出现。

一般情况下，我读书的时候都不戴眼镜，看东西时也是把东西拿到眼前看。而眼镜则是用有弹性的紫色绳子拴着，挂在我的脖子上，这样它就不会丢了。当我看东西，比如念单词的时候，我就左左右右来回移动脑袋。因为我的脸要经常紧贴着要看的东西，所以我能注意到别人注意不到的气味，比如一本新书发出的淡淡的墨香。嘉姆说我是这个家里的“猎犬”，一是因为我一旦决定什么事情，从来不会半途而废，再有就是因为我灵敏的嗅觉。

我比其他同龄孩子要矮，有一头浓密的头发。嘉珀斯说我有那么浓密的头发是幸运的，因为他头发就很少。

我的手上没有透过皮肤就能看见的蓝色的静脉血管，也没有爷爷奶奶那样易晒伤的皮肤。所以我们都觉得我这样的肤质挺好，更皮实。我们三个一起看巴克艾的照片时，一致认为我继承了他的下巴和脚趾头，以及他小时候微翘嘴角的笑容。家里有他一张装在相框里的照片，照片上，他穿着一身牛仔服，手里拿着一个超大的棒棒糖，照片的背景是榆树街。看着照片上的巴克艾，我觉得他就像我的朋友一样，当然这是不可能的。如果把我们俩放在一个大族谱上，他永远会在我上面那栏，因为我和他之间隔着匆匆流逝的很多年头。

我刚开始学走路的时候，他们不知道我有病理性近视，于是我经常摔倒，撞到楼梯或其他东西。我摔断了一条胳膊和好几根手指，爷爷奶奶也终于知道我的眼睛存在问题，于是我有了第一副眼镜并受益良多。但我仍然不能在街上骑车，也不能玩儿球，至少不能玩儿比沙滩球小的东西。除此之外，我还不能参加剧烈运动，也不能用太大的劲儿拍打头部——因为剧烈的震动会使我的视力更糟糕。

嘉珀斯专门为我做了一辆很棒的自行车，放在院子后面的观景门廊那儿。这辆自行车固定在一个很坚固的基座上，不能移动，但是它有齿轮、有链条、有刹车装置、有一个可调节的车座，甚至还有一个车铃铛。我可以在任何时候使用它，哪怕是在最冷的天气里，也可以。如果在刮大风的日子里骑上它，我就可以感受疾驰的感觉了。我觉得它比普通的自行车更棒，因为骑上它，你不必担心会因为树叶或者薄冰而滑倒，也不用担心来往的车辆。

有一天我正在读一本关于人体构造和每个人如何具备其独特的组合特征的书，我喜欢“特征”这个词。突然，有一个惊人的想法冒了出来：我不知道别人是如何看待这个世界的，同样，别人也不知道我是如何看待这个世界的。我们每个人都有自己独一无二的角度，没有什么对与错，事实就是这样的。或许这就意味着，你天生得到的视力，不管怎样都是公平的。也许你能看得更多、更远，但这并不意味着你比我更好，你我只是不同罢了。

天晓得，我能比其他人发现更多的细节，也许他们因为忙于看得更远而错失了很多东西。我知道一片面包里有很多细小的蜂窝；我知道手上有很多纹路，一条条就像地图上标注的河流；我还知道书中的纸张并不是光滑的，它上面粗糙的痕迹让我想起了砂砾上的脚印。如果你趴在草地上仔细观察，你会震惊于正在发生的所有的事——这看似平静的草地竟是一个货真价实的丛林！

我敢打赌，大部分人都不知道如果停下来仔细观察，每一天的事情是多么有趣！而我却深谙其中的乐趣，原因只有一个：我有着和其他人不一样的视力。

带棱角的和圆形的……

Corners and Rounds

嘉姆说，她如果不将事物分门别类的话就不能思考。她说我是她最好的整理人和帮手。

我重新整理了厨房，将大部分带有棱角的东西放在一个地方，比如装谷物的食品盒、饼干盒、案板、茶叶包等；所有圆形的东西放在另外一个地方，比如果汁杯子、盛盐的瓶子、盛辣椒的瓶子、香料瓶子等瓶瓶罐罐和煎锅等。对于我来说，带有棱角的东西比圆形的东西更难看出来。

奶奶给了我一摞新的记事本，就放在厨房的灶台上，挨着几个垫子和一大把一模一样的紫色钢笔。紫色钢笔放在一个广口瓶里，紧挨着香料。一切都准备好了。

嘉姆喜欢说这样一句话："记事本能将一团乱麻理出头绪来。"她坐在厨房的桌子旁，在一张长长的便笺条上写着一些什么，然后用磁条将它吸附在冰箱上。有时候她离开家的时候，会把那页记着事项的纸扯下来放进口袋里。

嘉姆的清单比我的短很多。她是记下那些她可能会忘的事情，我是记下那些我不能忘记的事情。比如，嘉姆的记事本通常是这样的：

象牙皂

调味盐

大米

猪油

下面是我的记事本，关于早上的部分是这样的：

下楼时带上紫色钢笔

黄色的碗里有玉米片和覆盆子（覆盆子，一种水果，果实味道酸甜，植株的枝干上长有倒钩刺。传说吃完这种水果后小便，小便可以把尿盆打翻。——译者注）

查看前院花开的情况

给后院的花园浇水

帮忙把洗好的衣物抖开并晾晒

快想!

Think!

第四个游戏参与者的脑子飞速运转着。

这项任务其实很容易完成，并且报酬颇丰。他不知道盒子里是什么东西，但也知道它很贵重，因为下达给他的指令都非常严密。或许，除了兹珀先生，没有人知道这些游戏参与者都是谁，也没有人知道他们的行动。如果是这样的话，那么现在……

点了一个汉堡、一份薯条和一杯橙汁汽水，第四个游戏参与者心不在焉地吃着饭，尽量忽视这个酒吧里的另外一位，也是除了他之外的唯一一位顾客，一个年轻的男人。他明显喝多了，口齿不清地说着他刚刚丢掉了在一家汽车工厂的工作。

最后一个游戏参与者吸了一口汽水，心思快速转动着：如果他私自留下这个盒子，会有别的什么人（除了兹珀先生）发现它不见了吗？会有人追踪他吗？如果这件东西不是稀世珍宝，兹珀先生为什么会费这么大劲安排这一系列的事情？

如果他按照约定继续前进并将此物送交给约定的人，谁知道会发生什么事？他会被逮捕也说不定呢！又或者他得不到一分钱，毕竟雇主兹珀先生已经去世了！但是如果他消失的话……

诱惑——这是一个难以抗拒的诱惑！他要赌一次！

那个喝醉的年轻人在嘟嘟囔囔地说了几句关于今后如何生活的话后就先离开了。他结了账，也做出了决定。几分钟后，他走出酒吧，深深吸了一口夜晚的空气。天空是深远的蓝色——天黑之前的那种蓝，让人心旷神怡。今晚，他是一位诗人，他有条件成为一位诗人。他也许马上就能成为一个富翁了。他满心欢喜地朝大厦后面的停车场走去，并抬头寻找着第一颗星星。他想起了小时候的一首儿歌，自从长大后，他再没有想起过：

天上星
亮晶晶
一闪一闪眨眼睛
我满心期望
满是欢欣
希望永远有今晚明亮的星

看到第一颗星星，他默默许了个愿望。他似乎也被自己幼稚的举动逗笑了，摇了摇头。然后，转过大厦，他一下子呆愣在原地。怎么会这样？

他飞一般冲进酒吧。

“我的卡车！”他冲着酒吧侍者大声喊着，“卡车不见了！”

深度

Deeps

因为我看东西时看不清它们的形状但却能看清楚它们的颜色，因此对于我来说，颜色很重要，而距离和空间相比较而言就太复杂了。正如嘉姆说的，每个人都知道如何判断物体之间的距离，只不过大多数人只需要看一眼就能判断出浴缸里水的深浅，但我必须要将胳膊伸进水中来获知其深浅。这是我开始学习使用“深度”这个词。

爷爷奶奶说我小的时候，认为一切都是由深度构成的——天空是有深度的；外面的世界根据季节的不同，由不同颜色的深度构成：绿色、棕色或白色。有时我还认为树木就像是奶奶那条旧被子上的针脚，将所有的深度“缝合”在一起。它们一端紧连着天空，另一端深深扎根于泥土之中。

因为我的身份，再加上我的视力问题，我的生活中有许多秘密，一些其他孩子不知道的秘密。除了家庭成员中的朋友，我基本没有亲密的朋友。不过我并不介意。我的好朋友有爷爷奶奶，还有一些属于我的特殊的东西——那些记事本和放在“危险的盒子”里的东西。

但是这个夏天，我多了两个朋友。他们是“瓦斯”和劳拉。

“瓦斯”和劳拉的加入

Enter Gas and Lorrol

“瓦斯”是一个神秘的名字。他已经不在世上。“瓦斯”是他小时候别人给起的外号。

他是小孩子们所期望拥有的那种朋友：从不会让人厌烦，也不自私，但也不是那么完美，不会让你产生自卑感。这样的朋友让你相信自己能解决世界上的任何问题。即使你不确定那些想法是什么，你也会觉得这些想法很重要。你甚至会觉得有一天自己会出名。

尽管我们不能交谈，但他的确是一个很好的伙伴。他的一生也有紧张的时刻，他懂得一个秘密会变成一把双刃剑。

劳拉就不一样了。她百分之百是活生生的。她与一种罕见的甲虫有些像，颜色鲜艳、长着钳子的甲虫。她迷人、充满力量、爆发力十足，在她面前，你得十分小心。她并不能预知未来，但她确实促使了很多事情的发生。

创办《“瓦斯”公报》这件事就是劳拉的主意。

《“瓦斯”公报》：第 1 期

The Gas Gazette：Issue One

一份关于神秘灵魂的免费报纸

❖在有三棵橡树这个小镇之前我就出生了。

❖我 8 岁的时候母亲去世了。

❖我学习不太好。这是我后来对它的评价：学校教育对于我来说是一片空白。

❖我有时会撒谎。我一旦从爸爸的果园里偷了较贵的桃子和李子，就把它们拢成一堆，然后假装“发现”这堆水果。不过没有人相信我。

❖我记得在我很小很小的时候曾被关在一间小屋子里，因为我做了坏事，故意打碎了一扇窗户的玻璃。

❖我年轻的时候喜欢打猎。我爸爸曾对我说：“除了打猎、养狗、捕老鼠，你什么事也不关心，这样下去你会给自己和家族丢人的！”

我是谁？

敬请期待下一期！免费的！

再见，特罗利

Goodbye Troll

在“瓦斯”和劳拉之前，我和其他孩子一起玩耍的经历都不太愉快。

有一回，嘉姆邀请了一个住在附近的男孩子过来玩儿。我想我们可以一起做一个烘焙的小苏打火山，我很会做这个。而他却只是想在我的床上蹦来蹦去扔东西。等他蹦够了，就抢过我的眼镜戴上，然后问我戴上眼镜以后他是不是也像一个怪物了。接着，他编了一个游戏：让我扮一个长着小眼睛的疯子科学家，然后去抓他，把他变成一个巨大的怪物。他不叫我的名字祖米，而是叫我蜗牛或是尺蠖，因为我视力不好，行动缓慢。

他跑到房间的另一端，不停地问我：“我现在举着哪根手指头？”可我连他的手都看不见，更别提看他举哪根手指了。我向他解释了一下，他就提议玩儿捉迷藏。他把他觉得够大的一本字典藏起来，然后在我即将靠近那本字典时又立刻拿走，放在别的地方，如此往复，就像逗一只小狗。“哎！不是就在那儿嘛！”他轻蔑地指挥着，好像是在笑话我，放在那么显眼的地方你都找不到！我知道他在嘲笑我——如果一个人在说话的同时也在笑，我虽然看不见那笑容，但我却能听出来。当他妈妈来接他，在他们还没迈出我家的门，我就把特罗利从我的清单里划掉了。嘉姆说这样不礼貌，不过我还是很高兴把他早早划掉。

奶奶总是跟我说，等我再大一些，就能上特殊学校了。那所学校是专门为像我一样视力有问题的孩子而办的，到了那里，我就会有亲密的朋友了。她跟我说，大部分人都认为别人看到的世界和他们是一样的，这就是为什么有的孩子会没有耐心或者不友善。他们不能理解我的感受，不能对我的视力障碍感同身受，就像天空飞翔的小鸟不能理解这些孩子眼中的世界一样。说完这番话，奶奶说了一句："阿门。"我紧紧地拥抱了她一下。

电脑——可以搜索的“盒子”

The Search Box

在学校里，我是待在特殊的教室里的，教室的门上满是用纸做的小星星，每颗小星星上有一个名字。

我不能在普通的教室里上课，因为我看不见黑板，看不见大部分的同学和老师。在这里，我就不必担心了。学校的同学们在走廊里跟我打招呼，我也跟他们打招呼，只是我跟他们打招呼的时候，他们已经很快走过去了，有的时候我甚至不知道刚才是谁跟我说话来着。

我很高兴在学校能有一个单独的地方可去。我觉得我是幸运的，这个特殊教室里有一些孩子很难适应这里的新环境，但我适应得还不错。

有一回，我将一只装着蝉的罐子带到教室，想给一个扎着细长辫子的女孩子看。我觉得她可能会喜欢，因为她总是带着一个毛茸茸的瓢虫玩具。结果，当我们一起看蝉时，我不小心撞到了她的胳膊肘，而她咬了我的耳朵，重重的一口。装蝉的罐子掉到地上摔碎了，我再也没见过这只蝉。

我们这个教室里的孩子并不希望那些糟糕的事情发生，但是他们没有办法。世界使他们陷入乱糟糟的境地，让他们不能清晰地思考。他们大都不太爱说话，也不太爱读书，他们最高兴的就是别打扰他们，让他们自己做自己的事情。我来到这儿以后，也渐渐习惯了独善其身，不管闲事，只在圆桌那个属于我的角落安分待着。

就是在这里，我跟着菲夫蒂老师学习。她性格和善，心宽体胖，夹克穿在她身上紧紧巴巴，感觉就要被胀破似的。有的时候，她微笑着拿着一张便签纸过来并把它贴在我的手背上。便签纸上写着她要我做的事情，让我在她不在的时候把任务完成。我还能得到更多的上网时间，这无疑是在学校里最好的事情。

我很喜欢电脑，因为：

❖它们不会跟学校的孩子们似的左蹦右跳。

❖对于你想要做的事情，它们永远也不会厌烦。

❖它们比任何人知道的事情都多。

我对这个有搜索功能的“盒子”很感兴趣。我需要做的就是输入一个主题或者姓名，然后就会有很酷的内容弹出来，我只要在想读的地方点击一下就可以了。有时我会想象这个“盒子”里有一棵大树，我爬进去，沿着大树的一个枝桠慢慢移动，从一根枝桠爬到另一根枝桠，不停地爬呀爬呀……我并没有见过真正的树的枝枝杈杈，但是我见过它们很多的照片，并且曾经站在树的跟前，观察它的树干，知道那些枝桠就在上面。

当我读到或者听说一个我喜欢的名字，我就把它记在有字母 N 标记的本子里，然后查一下，看我能从这个人身上发现什么。这是我喜欢的一些名字：阿尔·卡彭、玛丽·居里、强哥·莱恩哈特和布莱克·埃尔克。搜寻这些名字某种程度上就好像是在搜寻珍宝。

如果菲夫蒂老师在旁边看着的话，我会先在书上查，然后再用电脑。有一句话她总是挂在嘴边：“因特网并不总是准确的。”她说这话的方式和语音语调让这话听起来就像一支超自然的曲子。如果她不在旁边，我就立刻扎进电脑里。这个有搜索功能的“盒子”不设任何限制，任何人都能成为一个侦探。

《“瓦斯”公报》：第 2 期

The Gas Gazette：Issue Two

一份关于神秘灵魂的免费报纸

在我 10 岁到 12 岁这段时间里，我创建了这套密码并把它记在一个本子里。

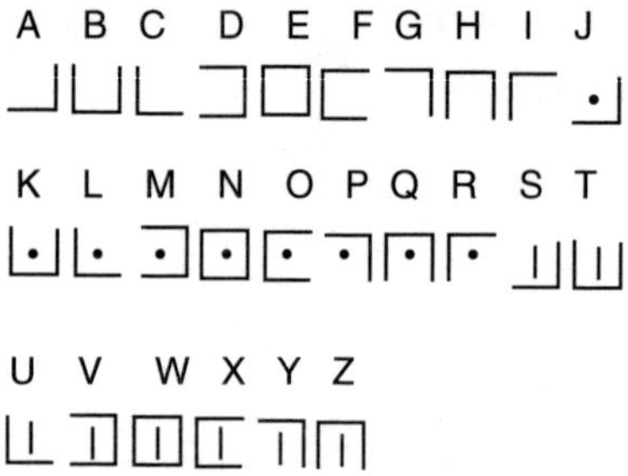

我是谁？

你能用上面的密码写下你的名字吗？

敬请期待下一期！免费的！

坏掉的东西

Broken Things

我家没有电视，原来有一台来着，但在我小时候就坏掉了。对此我奶奶倒是很高兴，因为电视没坏的时候，我总是坐在离它很近的地方看电视。奶奶说离电视那么近对脑子不好，她可不想我的脑子变成一团糨糊。

有一次，教室里一个比我高大的孩子突然抢过我的记事本，并把本子塞进他的裤子里。然后他跑进洗手间，用水冲了十多次马桶。我觉得他只是想让我多放点注意力在他身上，而不是在记事本上，但他想的办法又都没有达到目的，所以才想到这个办法。我的记事本把洗手间的马桶堵住了。我的胃开始抽搐翻腾，我什么事都做不了，只能待在原地疯了似的敲着下巴，直到嘉姆来了并且带给我一个新的记事本，我才安静下来。我坐下来，写下“开始新的清单”。那算是我在学校度过的最糟糕的一天。

我愿意待在家里，因为在家里我可以很放松，我知道什么东西放在什么地方，也知道什么时候会发生什么事情。而且，从来不用担心不被理解。

直到我发现了那样东西，这样的情况才发生了变化。原来，秘密也是可以有深度的，这深度有时甚至深不可测。我待在杂物间，和“危险的盒子”一起，想要做出正确的选择。

有的时候我觉得做一个已经爆炸了的鞭炮也挺好，起码解脱了。“砰！”的一声，既不用做选择，又不用担心事情被搞砸。

茶壶和桶

A Teapot and a Pail

如果不是嘉姆和嘉珀斯，很久以前我就会“爆炸”了。

关于嘉姆和嘉珀斯。我奶奶的真名叫爱丽丝·特纳·张伯伦。因为我看人的时候要离得很近，且一次看不完，需要一小部分一小部分地看，所以我描述他们的时候总是会选择比较小的事物，有的时候甚至只用一种颜色去描述一个人。

在我的眼中，嘉姆的体态像一个茶壶，但和茶壶不同的是，嘉姆是温暖而柔软的，软和得好像沙发的靠背一样。嘉姆的皮肤很光滑，就像 BB 霜。嘉姆的身上有薰衣草的香气。每年夏天，当大地回暖，我都会帮嘉姆沿着房屋的边沿种一溜薰衣草。薰衣草是一种很不起眼的紫色小花，是我最喜欢的一种花。如果你不是蜜蜂，也没有患病理性近视，那么你很可能会完全忽略这些小花。这些紫色小花，需要你弯下腰去近距离地看，才能发现它们的美。

如果要用一种颜色形容我奶奶给人的感觉，我觉得用绿色最合适不过，那种你从枫树的幼苗上看到的嫩嫩的、温和的绿。她总是知道如何以最恰当的方式去说和去做事情。即便是将果酱瓶子的盖子拧下来或拧上去这样的动作，她也能做得如行云流水，完美非常：拧一圈，再拧一圈，稳稳当当的，盖子就被拧上或者拧下了。这在我看来很神奇——我总是毛手毛脚、跌跌撞撞的，并且在决定要做什么之前，我必须先触摸到那样东西。我认为嘉姆总能很快就找到解决问题的方法，在她身边，你会觉得温馨而安全，岁月静好；在她身边，你会觉得这个世界充满无限可能，而且总会有一个拥抱在等着你——一个温暖的拥抱加上一句温暖的“阿门”，对了，还有自己做的蓝莓酱，里面有整颗整颗的蓝莓。

我爷爷的真名叫阿什·贝克·张伯伦。他和嘉姆都出生在三棵橡树小镇，他们的家族都可以往上追溯好几代。我们家的生意——张伯伦古董店，是我爷爷的爸爸做起来的。这家老店位于榆树街，挨着售卖枪支的店面，比任何一个现今活着的人年岁还要大，没有人能说清我们这家店究竟有多少年了。嘉姆上高中的时候在店里找了一份清洁工的兼职，故事就在那里悄悄发生了。

嘉珀斯体形高大，嗓门也大，整个人给人一种硬朗的感觉。他的额头和脖子满是皱纹。如果要用一种颜色代表他，强荧光蓝——就像夏天时在玉米田边上盛开的那种野花的颜色——最合适不过了。他总是让我联想到桶，因为他给我的感觉是强壮的，有一种金属的味道。很久以前，在越南战争中，他被炸弹炸掉了右脚，左手臂也受了伤，因此，他的左臂中安了钢钉，右腿装了假肢。他总是不喜欢鞭炮，我想这和他的那段经历有关。那场战争还几乎让他成为聋子。

有的时候他想趁嘉姆不注意的时候捏一下她的鼻子，可还没得逞，嘉姆就会像轰苍蝇一样把他轰走。于是，他就等着，看什么时候嘉姆的两只手都忙于刷碗或者和面，腾不出空来的时候再偷袭。

“嘉姆小心！”如果我看见他正蹑手蹑脚地靠近嘉姆，就会喊一声提醒她，但是通常情况下都来不及了。

他还总是喜欢悄悄靠近我，然后揉我的耳朵。他说那是因为我的耳朵太好使了，他想要是我的听力能分给他一些就好了。有的时候我们在厨房的桌子上玩儿“拇指大战”，直到嘉姆阻止我们——桌子都要被我们掀翻了！

“你们这俩调皮鬼！”她一般会气呼呼地说，“你们俩无可救药了！”

然后嘉珀斯就会说：“我差点就占到祖米的便宜了。”不知怎么的，这话听起来特别滑稽，常常会让我们三个人都笑起来。

我爷爷奶奶自从他们结婚以来就一直住在橡树大街。奶奶就是在这个家里出生的，这是她一直居住的地方。然而，几个星期前，巴克艾出现在厨房门口，那时候，我感觉整个世界发生了天翻地覆的变化，就像是盛糖的碗打翻了，却没有一个人注意到。

惊喜？惊吓？

Surprise

嘉姆惊呼了一声，然后用洗碗布捂上嘴以免再惊呼出声。我站在洗碗池的旁边，正在给她递湿盘子。嘉珀斯刚刚系好放垃圾的袋子，打算把它拿出去，看到巴克艾不禁脱口而出："感谢上帝！太阳从西边出来了！乌龟真的长出翅膀了！"

可我的肠胃则开始陷入紧张惊慌模式——就像困在瓶子里的小虫子一样。我突然就明白他是谁了，虽然没有人告诉我。我不想，不想，我不想在他面前表现得那么紧张，不想让他看到我紧张得颤抖的样子。可是不管用。我屏住呼吸，可是手却不听指挥，仍然紧张得不停敲打着下巴。

我感觉到嘉姆把双手放到我的肩上，然后，我知道这个男人拥抱了她一下。再然后，他越过我，拧开水龙头，直接就着水龙头咕咚咕咚地灌凉水。我能看见他脖子上的头发茬随着他喝凉水的动作起伏。他闻起来有旧胶带的味道，那种在盆里被泡湿还没干的胶带的味道。

我还在不停地敲下巴。然后我听到他在问："这是谁？邻居家的孩子？"问完这话，他发出一声令人恶心的咳痰的声音，然后朝洗碗池吐去。他顶着一头乱蓬蓬的头发，好像是在乱草堆里睡的觉，头发的颜色就像干枯的杂草一样。

再接着，就是嘉珀斯打雷般的声音：“儿子，跟我到花园来，我有很多话要问你！”然后我听到后门被甩上了。

嘉姆将我轻轻按坐在一张餐椅上。“好啦，祖米，你现在可以拿出记事本了，放轻松。”嘉姆柔声说道。

没有多余的房间

No Room

我按照嘉姆说的去做了，在记事本上写下“巴克艾走进来”几个字。因为他是突然回来的，我的记事本上已经按照往常的生活步骤记好了，所以只好把这几个字挤在“吃完饭”和“洗澡”之间，然后，把它划掉。我的手上全是汗，连笔都快握不住了。

嘉姆在巴克艾吐过痰的洗碗池里放上热水，“哦，天哪！”她轻声说道，“这可真是一个惊喜！”通常，她会在这句话后面接着说类似这样的话：惊喜是生活的一部分，比如冬季里的暴风雨；惊喜就像蛋糕里的一小块鸡蛋皮——你可得要喜欢它们，因为它们属于这美味蛋糕的原料的一部分。这样的理论嘉姆那里有好多，它们让我们的生活变得更有包容性，也让我们更知足、更快乐。但是此刻，她却没有接着说这样的话。

紧接着，从开着的窗户里我和嘉姆听到了叫嚷声。

“见鬼！我怎么会知道！”巴克艾的声音听起来饱含怒气，然后是一连串粗鲁的话：“没门儿！如果你认为……你是一个老傻瓜……”

嘉姆赶紧越过我将收音机打开，但这之前的争吵声还是传了过来。我听见嘉珀斯的怒吼：“通通去见鬼吧！你到底是怎么回事！”

巴克艾嚷道："我怎么知道？那样你就会开心吗？"嘉姆的声音有些颤抖："真不敢想象，这都是些什么乱七八糟的事儿啊！"尽管她很担心，但还是勉强对我微微笑了笑。她的两只手都紧紧抓着椅背，我能看见她的指尖从粉红色慢慢变得苍白。突然，吵闹声停止了。我看向奶奶，她正在摆放盛甜点的碟子，然后取出大半个草莓蛋黄派，将清凉维普（一种奶油的牌子，这里指代奶油。——译者注）倒出来并把勺子伸进奶油里，想舀出来抹在蛋黄派上，我发现勺子在微微颤抖。我站起来，伸长脖子从厨房的窗户往外看，但是却看不远，没办法告诉奶奶发生了什么事情，只看到一些影子样的东西从一个明亮的红彤彤的物体前（应该是太阳）经过。

嘉姆也往外看了，好像在自言自语，又好像在对我说："巴克艾从他的小卡车上卸下一个箱子，你爷爷把它塞进车库里了。"

突然间我意识到那将意味着什么，于是我的肠胃又开始像困在瓶子里的虫子那样翻腾，七上八下。我们没有一个人说这样的话："我希望他能留下来一段时间。"或者"他终于回来了，太棒了！"厨房似乎被一种忧虑充斥着，再也装不下这样的欢迎词。

虫子一样的眉毛

Eyebrow

过了一会儿，爷爷和巴克艾又进来了。嘉珀斯说："巴克艾给咱们的店里进了一些货物。"

"那很好，谢谢你，儿子。"嘉姆轻声说。

我们四个人在餐桌旁坐下来。我偷偷瞟着巴克艾，想好好看看他长什么样子。那张脸让我想到了发了霉的西葫芦或者被扔在地里被霜打了的黄瓜。他的皮肤看起来湿乎乎的，眼睛下面有黑眼圈，一道深色狰狞的疤痕蜿蜒在他一边的脸颊上，从脸颊一直往上，跳过眼睛，一直到眉毛，将眉毛一分为二。我记得嘉珀斯曾带我去钓鱼，将一条虫子割成两半做鱼饵，被割成两半的虫身还在蠕动，我很好奇巴克艾被一分为二的眉毛是否也会那样。

他一点儿都不像照片中那个拿着棒棒糖的男孩儿。我一点儿都不觉得饿。巴克艾弯腰凑向盘子，狼吞虎咽，吃得很大声，还时不时停下来摇摇脑袋，吃相一点儿都不好看。然后他的椅子咯吱响了一声，他就朝我这边探过身来。我正低头瞅着记事本，吃饭的时候我总是把它放在餐桌上离我很近的地方。突然一只大手从我面前的盘子上扫过，拿走了它。我顿时浑身僵硬。

巴克艾大声念着："起床，上学，巴克艾走进来……这是什么，啊？"他讥笑道："这小孩儿怎么跟个傻子似的，什么都记?”

我开始以从未有过的高频率敲打下巴，然后下面的事情就发生了。嘉珀斯由于起身太猛而带翻了椅子，他说的每一个单词都是前所未有的大声，我从未听过的大声：“嘿！你够了没有！”

嘉姆的声音听起来就像是剪刀剪过纸张的声音，很艰涩，一字一顿：“把—记—事—本—还—给—他，马—上！”

巴克艾的胳膊很快向外一甩，我听见“乓”的一声响，是什么较软的东西落到后门垃圾桶里的声音。“噢！完美的大灌篮！”巴克艾紧接着说，“是垃圾，就该待在垃圾该待的地方！”

然后他突然站起来，走出了厨房，纱门在他身后发出“砰！”的一声响。我们接着听到卡车引擎发动的声音、轮胎摩擦地面的声音，以及汽车开过枕木的声音。这枕木是嘉姆专门用来保护她的花的，将行车道和她的那些花分离开来。

嘉珀斯从垃圾桶里把我的记事本捡出来，用海绵擦干净后递还给我的时候，我还在不停地敲打下巴。我接过记事本，写下“**巴克艾离开了**”几个字，然后在上面划了一道。做完这一切，紫色的钢笔还在我手中不停颤抖。嘉姆仍然坐在桌旁她的椅子上，低声说：“我主在上，你知道我们是爱你的，祖米。”

我点了点头。

马蹄铁

Horseshoe

那天晚上，我怎么也睡不着。我听见嘉珀斯把家里的前门和后门都上了锁，他以前从来没这样做过。外面起风了，橡树被刮得呜呜作响，像是谁的呜咽声。我不由自主地想到巴克艾，这个时候，他是难过呢，生气呢，还是两者都有呢？因为在这样一个狂风大作的夜晚，他不能睡在他自己的房间里。爷爷告诉他了吗，他原来住的房间是我的了？我希望爷爷没告诉他。我想知道巴克艾是否睡在他的卡车里，然后还想知道他脸上那道狰狞的疤痕是怎么来的。我有一点儿为他难过。

突然，一个让我惊恐的念头蹦进我的脑海：如果巴克艾告诉嘉珀斯我不是他的儿子怎么办？但是话又说回来，如果我不是他儿子，那个装着我的猫笼子上的纸条怎么解释？还有谁和巴克艾那么亲密，知道他那个神秘的朋友——祖米——呢？

假如我真不是巴克艾的儿子，我会不会就不被当作这个家庭的一员了呢？

我不愿意再去想这个问题，然而我越想忽略它，它就越往我脑子里钻，就像去咬一个橡皮筋，你一松口，它就又弹回来了。于是我又开始不停地敲下巴。

假—哒！如—哒！……—哒！会—哒！怎—哒！么—

哒！样—哒！

这样紧张的状态不知持续了多久，后来我昏睡过去。我睡得并不安稳，黎明时分，我被暴雨惊醒了。那雨重重敲打着屋顶，巴克艾的卡车轮胎在嘉姆的花园中留下的坑被雨水填满，呈现出一个马蹄铁的形状。一个马蹄铁，嗯，事情也许没那么糟糕，这是一个好兆头。

《“瓦斯”公报》：第3期

The Gas Gazette：Issue Three

一份关于神秘灵魂的免费报纸

❖我一直觉得自己是个梦想家。有一回我在一道高高的墙上走着，努力地思考什么，由于想得太入神从墙上掉了下来。我很清晰地记得，在从墙上跌落的那一刻，很多想法从我脑中闪过，我自己都被这些想法惊呆了！

❖我很小的时候就有收集东西的习惯。一开始的时候搜集邮票、硬币、石头、植物的叶子、贝壳和海里的一些生物。

❖后来，我对甲虫很着迷。当我决定开始做一件事情，就不会半途而废，即便其他人都放弃了，我也会坚持到底。我是一个很执着的人，我一开始做什么事情，就认为这事情就是世界上最重要的。有的时候，这是一件好事。

❖下面是我记录的一次惊险的搜集活动：

> 有一天，我扯下一些老树皮，突然发现两只极罕见的甲虫，于是我一手一只捉住了它们。可很快就看到第三只，这又是一个新的品种，和我已搜集到的都不一样。我不想失去它们中的任何一只，于是，我飞快地将右手里攥的那只放进嘴里，打算腾出手来捉那第三只。哦！天哪！嘴里的那只甲虫突然喷射出非常辛辣的液体，灼伤了我的舌头，我不得不将它吐出来。就这样，

这只甲虫趁机溜走了，还有那第三只甲虫，也趁机逃走了。

❖可以这样说，我不会轻易放弃。

我是谁?

敬请期待下一期！免费的！

刺痛

Stinging

“祖米，你的下巴怎么了?”奶奶心疼地问我，声音轻轻的。眼泪开始在我的眼睛里打转，把我那双藏在镜片后面的眼睛蜇得生疼。紧接着，两串泪珠落下来。我搅拌着碗里的麦片粥，装作没事。但是眼泪却不听话，一直流一直流。因为下巴昨天晚上几乎被我敲破了皮，所以眼泪流过时，被蜇得一阵刺痛。

“如果我不是张伯伦家的人怎么办?”我声音极小地说道。我想再说点儿什么，可是太紧张太痛苦，竟找不到更多的词语表达自己的意思。嘉姆抱住我，朝嘉珀斯喊了一声，让他过来。嘉珀斯过来，大手握了握我的肩膀。我们三个开始了一场谈话。

他们告诉了我一些事情，他们觉得这些事情原本没必要在我小的时候就告诉我，现在看来不能再瞒着我了。他们说，在很久以前，就是巴克艾失踪不久，那个果园的主人跟他们说，在他果园里工作的女孩子中，有一个来自墨西哥或田纳西的年轻移民怀孕了，所有人都说她怀的孩子是巴克艾的，孩子还没生下来她就离开了。她的老板，也就是果园的主人不知道她去了哪里，第二年，她也没再回果园。

我估计这位老板是用现金来给他的雇工发薪水的，从来也没问过这些雇工是否是合法居住在美国的。这样一来，他为那些人提供工作，那些人为他提供劳动，双方各取所需，也不会有什么麻烦。正因为如此，他对他雇用的那些短期工知之甚少，只知道那个女孩儿叫爱波琳娜。爱波琳娜，我感觉这名字后面好像有两个惊叹号，让我的头好像针刺一般疼。

昨天嘉珀斯问巴克艾他是否知道有我这个儿子时，巴克艾觉得这太不可思议了，简直是疯了！他说他的确记得有一个女孩儿叫爱波琳娜，但仅此而已，他对那个女孩儿的了解也仅此而已。

“是的，”爷爷用手疲惫而无奈地抹了一把脸，继续说，“像巴克艾这种酒鬼，让他为曾经做过的事情承担责任恐怕不是那么容易的，因为酒鬼一般不会记得他们喝醉酒时做过的事情。”

承担责任……听起来的确让人感觉不舒服。这是不是意味着嘉珀斯想让巴克艾承认他是我爸爸呢？如果巴克艾变成我爸爸，他会不会把我带走？嘉珀斯是不会让巴克艾把我带走的！

眼泪又流下来了，像打开的水龙头一样。嘉姆捉住我不停敲打下巴的手，我的嘴却停不下来，我不停地低声地说着：“不！不！不！不……”他们不知道我想说什么，问了一连串的问题，但没有一个说中我的心思。

不！我不是因为巴克艾不相信他有一个儿子而感到心烦。

不！我不是因为他对我态度恶劣而心烦。

不！我不是因为从来没见过妈妈而心烦。

不，不，不！

最后我终于脱口而出：“我不想要巴克艾！我不想他带

走我!”

“哦，祖米!”嘉珀斯急忙说，“我只是想让他快点长大，仅此而已。”

嘉姆低下头，与我的脸挨得很近，一字一顿地对我说：“不要担心。你是我们的小秘密，来自另外一个秘密，你只属于我们，是上帝的恩赐。就现在这样就很好，我和嘉珀斯不会让任何人带走你的，决不！你听见我说的话了吗，祖米?”

我点点头，但也注意到奶奶的话里只说我是他们的秘密，是上帝的恩赐，却没说我是他们的孙子。这是我懂事以来，第一次觉得自己的身世之谜让人感觉不那么舒服和愉悦。

烦恼的碎片

Worry Crumbs

尽管我相信爷爷奶奶，但这次谈话的内容在我心里多多少少留下了一些阴影。嘉姆说我心中的那些阴影是烦恼的碎片，就是那些让人不舒服的想法的残留。她说遇到这样的烦恼，可以多想想那些有名的谚语，下面是两条她最喜欢的：

❖命里有时终须有，命里无时莫强求（这句话告诉人们不要牢骚埋怨，只需努力生活。——译者注）。

❖规则很简单：你想让别人怎么对待自己，就怎么对待别人（这句话就是说要学会换位思考，站在别人的角度考虑问题。——译者注）。

但是为什么巴克艾会是现在这个样子呢？难道他小的时候没有接受过这样的教育吗？我把刚刚了解的关于巴克艾的事情又想了一遍，怎么也想不通他怎么会变得这么不可理喻呢？

爷爷奶奶说巴克艾小时候很乖，后来才变得暴躁，那种随时随地都有可能发作的暴躁。“他在 10 岁、11 岁之前，一切都很好。”嘉姆说，“和所有人都能友好相处，也爱上学。后来，他就变了。前一刻还高高兴兴骑自行车，下一刻就觉得什么都不对了，都不如意了，就好像有人对他做了什么，中了魔一样——他总是时刻处于莫名其妙的焦虑中。”嘉姆叹了口气，无奈地摇了摇头。

巴克艾的朋友一个个都离开了，他把所有人都吓跑了。爷爷奶奶带着他去看家庭医生，医生说有一些孩子会在成长的过程中经历一段这样的叛逆时期。再后来，祖米出现了。不是我，是第一个祖米。哦，纠正一下，不能说他出现了，应该说他从巴克艾的脑子里突然蹦出来了。那天，他和巴克艾“一起下来吃薄煎饼”。

除了巴克艾，没有人能看见他或者听见他说话，尽管如此，他还是成为了这个家重要的一员，就连吃饭时，奶奶也会在餐桌上给他留一个位子。虽然祖米看不见摸不着，但在张伯伦这个家里仿佛真的存在一样。嘉姆和嘉珀斯说，巴克艾吃晚饭时，总是吃完自己这份，然后绕着桌子跑到祖米的位子，吃掉祖米的那份。巴克艾和祖米一起做事，一起出去玩儿，还相互讲笑话。只要巴克艾需要，祖米总是在那里，那是巴克艾状态最佳的一段时期。等巴克艾进入青春期，这一切就都终止了。巴克艾没有再跟祖米说过话。说到这儿，嘉珀斯气冲冲地说：“反正在家里，他再没和祖米说过话。”祖米好像没打一声招呼就偷偷溜走了，不见了。

我内心还是有一些疑惑的：巴克艾为什么离家这么长时间？他为什么总是发怒？他再次出现的话会发生什么呢？起码他不喜欢看到我。这不是一件坏事。他不喜欢我，就不会带走我。我不敢想象离开爷爷奶奶怎么生活，一分钟，不，一秒钟都不行。我不想像别的孩子一样，有爸爸有妈妈，我只要爷爷奶奶就够了。

那天早上，谈完话以后，我帮奶奶晾好衣服，然后帮爷爷把木柴码好堆，以便爷爷能尽可能快地劈开它们。然后，我冒出一个想法。

吃完中午饭我问道：“今天我想去图书馆，可以吗？”我尽量装得若无其事。我能感到嘉姆在注视着我。她只说了一个“嗯”字。

嘉珀斯说：“反正我要经过那里，回家的时候我去接你吧。”今天是周日，我家的商店打烊歇业。

“谢谢你，嘉珀斯。”我说。

“你就锁着门就行。”我听见嘉珀斯跟嘉姆说。我看不到嘉姆的表情，但是厨房里有一瞬间的安静。

有一件事，我们三个人都心照不宣：巴克艾是一个危险的人。

《“瓦斯”公报》：第 4 期

The Gas Gazette：Issue Four

一份关于神秘灵魂的免费报纸

❖15 岁时，我可以打猎了。于是，猎鸟成了我最喜欢做的事情。不管白天黑夜，我脑子里想的都是打猎。

❖我把狩猎靴就放在床边，这样我一醒来就能穿上它们，而不用浪费时间。

❖几年来，我将我猎到的每一种鸟都统计到一张清单上，我还发明了一套在野外时的记事方法——结绳记事法。我在我穿的夹克的扣眼里拴上一根绳子，不同的事系不同的结。一回到家，我就将绳结表示的意思“翻译”成文字记下来。

❖有一回，我的那些朋友搞了一个恶作剧。那天，只要他们看见我正在朝鸟瞄准，他们也同时开枪，以至于我不知道被打下来的鸟，哪只是我打下来的，哪只是他们打下来的。我很快明白了他们的意图，他们是故意捣乱，想扰乱我的统计工作。唉，不是每个人都能体会到列清单的快乐。

❖等我再大一些，不到万不得已，我不喜欢猎杀任何一种活着的动物。

❖我一开始野性难驯，然后慢慢变得乖顺。我的野性子只在文字里肆意挥洒。

❖我开始不停地问问题，问了成千上万个问题。

❖有的时候会自己找到答案，有的时候则找不到。
❖那些需要解答的疑问比打猎还有意思。

我是谁？
敬请期待下一期！免费的！

羽骨

Feather bone

尽管图书馆并不十分温馨，但我在里面觉得很自在。或许是因为它是三棵橡树小镇历史的一部分，而三棵橡树小镇已变成我的一部分，所以，图书馆也已成为我的一部分。

我爷爷的爷爷，亨利·张伯伦在离这里不远的荒地里建了一家锯木厂，锯木厂就在三棵大橡树的附近，那三棵大橡树长得太近，看起来就像是一棵。那是19世纪50年代，那个时候美国大部分的房屋都是木质结构的。而橡树和枫树这样的硬木是最好不过的建材了，密歇根州就盛产这两种木材。

很快，这里就发展成了一座小城镇，有一条主街道，就是榆树街。街上有一个杂货铺、两座教堂和一所学校。拿一张这座小镇初始面貌的照片和现在的对比一下，你会发现没有太大的不同——除了那到处都是的房子和车、泥泞的马路、穿着西装和长裙的大人。火车的轨道就在它们现在所处的位置，周围的建筑物也基本没什么变化。

这是一个以出产木材为主的小镇，一直默默无闻，直到后来一个叫E. K. 瓦伦的家伙发明了一种东西，让这个地方一下子出了名，也富裕起来。那种东西叫：羽骨（用家禽的羽毛管或塑料制成的妇女胸衣的撑骨。——译者注）。那是一种弯弯的用火鸡羽茎做成的材料，它取代了女士们戴的鲸须胸衣（胸衣是穿在里面的内衣，可以起到束腰身的作用，从而使女士们的腰看起来更纤细。——译者注）。我认为羽骨的发明是革命性的，这种材料做成的胸衣穿起来更舒适而且更便宜。再有就是，火鸡可比鲸鱼容易抓多了！

羽骨还被用来做马鞭的材料。有了羽骨，女士们可以将腰肢束得更纤细，马儿也可以得到鞭策：这生意看似不怎么体面，但人们却离不开它。

在用砖建造了几个大工厂后（其中的两个仍然矗立在这个小镇），瓦伦先生精心设计了一座办公楼，也就是现在的图书馆。嘉珀斯说老 E. K. 想给他的消费者留下深刻的印象。所以，这楼里的所有地板和墙壁都用大理石铺成，一进前门就是奢华阔气的台阶，价格不菲的吊灯一盏盏吊在天花板上，所有房间门的门把手都是铜的。这些全部都源于做羽骨生意赚的钱。

后来，女士们不再穿胸衣，汽车也取代马车且越来越普及，E. K. 瓦伦先生的公司就渐渐走下坡路了。20 世纪 50 年代以前，公司还勉强支撑着，用羽骨制作一些硬领和裙脚，50 年代以后，就倒闭了。公司的办公楼也变成了一个博物馆。从拓荒时代和工厂时代开始，人们收藏了不少有价值和有意思的东西，这个博物馆的藏品最多时曾高达 80000 件，比如搅乳器、缝纫机和轮子超大的自行车。图书馆为纪念亨利·张伯伦，便以他的名字命名。

我见过他的照片。我和他都有一个小小的鼻子，而且他也戴眼镜。如果不是老亨利一时兴起在这个地方建了一个锯木厂，E. K. 瓦伦也许就不会在这儿住下，就不会看见那根火鸡羽毛，也就不会想到用羽骨替代鲸须。而且如果不是老亨利，张伯伦古董店就不会有这么多的宝贝卖，张伯伦家的人也不会在这里。

我们这个小镇是运气和机遇的产物。

工具

Tools

图书馆很大，仅这栋楼的第一层就能放下所有的书，剩下的楼层都空着，就像一个瘦骨嶙峋的人穿着一条极其肥大的裤子。没有人去过地下室、三层和四层，听说这些地方闹鬼，哦，我还是不要想这个问题了。

直到最近，图书馆的二层又配置了一些电脑。原来这层只放置着老博物馆里的一些东西：大部分都是一些盆盆罐罐和人物肖像。那些画上的人个个都没有笑容，好像牙疼似的苦着一张脸。嘉姆悄悄对我说："说不定他们的牙真的疼呢！"

楼上没有电灯，不过有一天我和奶奶被允许到楼上的展览区参观一下。于是，我和奶奶拿着一个手电筒和一个放大镜就上去了。我被那些自制的工具深深吸引住了，那些工具曾经是铁匠、伐木工、箍桶匠和补鞋匠们干活时离不开的东西。我后来把最喜欢的工具列了一张单子：

凿子
短刨
粗刨
刨面机
大槌
扁斧

剃须刀
刮刀
墨绳

这些工具大多都锋利且分量重，还有点儿吓人，好像它们曾是某个人“危险的盒子”里的一部分。

那个周日，嘉珀斯把我送到了图书馆，然后就坐在楼下的一把大椅子里看报纸，并且小睡了一会儿，他自己给午睡取了个名字叫做“小鸟的午睡”，因为他午睡时还能坐得直直的，嘴巴也抿着，像小鸟那样。而我则爬上那一级级高大的台阶，直奔电脑而去。那些电脑就在大厅内，正好途经展览那些古旧工具的区域。那些在三棵橡树小镇建造了大房子、商店和各种马车的人如果看到这些简易的、没什么技术含量的老工具，或许会对它们不屑一顾。不过，在那个时代，能发明和操作这些工具就已经是挺了不起的事情了！

这四台电脑放置在有些年头的课桌上，一张课桌一台电脑。每张桌子都不和其他桌子挨着，好像是为了防止使用电脑的人们相互说话讨论似的。我在离我最近的那张课桌前面停下来，然后拿出记事本。往常，在夏天很少会有人上楼来，但这回我旁边却坐了一个人，矮矮的，长着一头黑发。我吃了一惊，浑身僵了一会儿，然后从侧面滑进我的椅子。

我刚一坐下，那个人就说话了：“见鬼！”

哦，原来是个女孩子，她好像还没搞清状况啊！如果不是没搞清状况那就是她疯了，因为对于我的出现她的反应太奇怪了：她生气地向后推开椅子，然后“咚咚咚咚”地从我的桌子旁边走过，朝楼梯走去。我抬头向上看去，她经过我身边的时候向下瞟了我一眼，但是谁也没有说话。这在我们小镇来说就很不寻常了。因为在我们小镇，人们都很热情且友好，见面总要互相打声招呼。或许是我们都被彼此的出现吓着了吧，以至于忘记了打招呼。

她从我旁边经过时，我看到一件粉红色的T恤衫、李子似的小下巴，以及两条细细的小马尾辫。那马尾辫像是长在她头上的两只垂下来的角，一边一只挂在脑袋两边儿，一边儿高一边儿低。

“啪啦”“噼啪”，她下楼的时候，硬橡胶底儿的沙滩鞋踩在大理石台阶上，发出鞭炮那样噼里啪啦的声响。

她刚离开，我就在“来到图书馆”几个字上画了一个叉。而我的钢笔突然冒出一股紫色的墨水。我本来想用一根手指把它擦掉，结果情况更糟糕了：我的手指一蹭，那一摊墨水不仅没有擦掉，反而从一摊变成一根粗线，粗线周围还有星星点点的墨水，看上去就像是喷着烟即将爆炸的炸弹。那张干干净净的清单立刻变得乱糟糟了。充满危险的脏乱。就像这个夏天。

我想知道那个脾气暴躁的女孩儿是否还会回来，我想知道她为什么这么暴躁。如果她和巴克艾凑在一起，俩人同时发作的话，会不会像产生化学反应那样爆发？一想到这儿，我不知不觉笑了，然后忽然觉得，这俩人没那么可怕了。

《“瓦斯”公报》：第 5 期

The Gas Gazette：Issue Five

一份关于神秘灵魂的免费报纸

❖年轻的时候，我曾和哥哥把花园的小棚屋当作实验室，我们有各种各样的实验器材：导管、燃烧器等等。我们的实验室经常会传出难闻的气味。

❖有一回，我们熔掉了真正的钱币：六便士的银币。

❖我听过一个故事，说是有一个学生吸入一氧化氮（也称作“笑气”）后晕晕乎乎的，觉得自己能飞了。事先声明，这个学生可不是我。

❖由于我痴迷于在家中鼓捣那些化学实验，其他学生给我取了个绰号叫“瓦斯”（GAS 的音译，意为“瓦斯”“气体”。——译者注）。

❖等我上了一些年纪，我的胃就不怎么好了，我想起了那个绰号。

❖我想，一个人叫过的所有名字都会跟他一生，不管真名字还是绰号，就像树干的年轮或者洋葱的那一层层果肉，它们已经成为你的一部分，不可分离。

我是谁？

敬请期待下一期！免费的！

暗中探查

I Spy

那天下午，当我在电脑上输入巴克艾·张伯伦几个字的时候，我的心怦怦跳个不停。我知道这样私自查一个可能是我父亲的人的信息很不体面，有些鬼鬼祟祟，但我实在不能把巴克艾同家庭这个词联系起来。我实在难以接受这个突然出现的父亲，从他身上我看不出有哪一点像张伯伦家的人。我查关于他的信息，只是想为将要发生的事情做好准备。

敲完组成他名字的 18 个字母（BUCKEYE CHAMBERLAIN，是由 18 个英文字母组成的），我深吸了一口气，然后按下回车键。很多信息弹了出来，但没有找到和他相关或者匹配的信息。

看着这个结果，我莫名松了口气，折腾了一个晚上，从巴克艾出现到现在我一直很担忧，一放松下来顿时觉得困得不行。我趴在电脑桌上，不知不觉睡着了。不知睡了多长时间，直到嘉珀斯过来轻轻摇晃我的肩膀，我才醒。

我坐起身，他正看着电脑屏幕，上面还有巴克艾的名字。他的眉毛皱了起来，然后倾斜了一下身子，挨着我的耳朵尽可能放轻声音道："有什么发现吗？"

我摇了摇头："我觉得我可能会查到他住的地方或者他的工作。"其实我俩都知道，我想查到更多的信息。昨天晚上，事情发生得太突然，爷爷奶奶没来得及问巴克艾这些年都住在哪里，他自己也没说。

“说不准和以前一样，都是做一些没有意义的荒唐的事情。一辈子就知道喝酒，没清醒地过过日子。”嘉珀斯低声含糊地说。

于是一个让我惊恐的念头浮上心头：如果巴克艾·张伯伦不想在外面折腾了，想回三棵橡树怎么办？如果他打算回家住，那该怎么办？

红

Red

从图书馆回去的路上，我和嘉珀斯都很沉默，谁也没有心情说话，也不知道说些什么好。经过我们家的商店时，他推了推前门，确定门仍旧是锁着的；然后绕到后面，确定后门也没什么异常才接着往回走。爷爷的这个举动透露给我一个信息：他也有一麻袋的担忧和烦恼。

我们低着头继续默默地往家走。但有一瞬，我俩同时快速地抬起了头：一辆卡车从榆树街呼啸而过，去的方向正是我们家。

爷爷低声嘟囔了一句他平常几乎不说的话："见鬼！"然后抓住我的肩膀。太不可思议了，我一天竟然听到了两句"见鬼"！嘉珀斯拖着那条叮当作响的假腿并跑不了太快，但我们仍旧以最快的速度跑着。必要的时候，他会提醒我"当心路边"或者"当心有坑"！

"那是巴克艾吗？"我气喘吁吁地问。

"不知道。"他气喘吁吁地回道，"那车是红色的，看起来是同一辆车。"

我们刚一拐弯，就发现一辆警察巡逻车停在我们家的私人车道上，不过没看见红色卡车的影子。一个警察正"嘭嘭"地敲着我家厨房的门。

鲜血和勇气

Blood and Guts

我们走到跟前的时候正好听到那个警察在介绍他自己，他说他是纳博警官，然后他问嘉姆是不是巴克艾·张伯伦的妈妈。

“是的，警官。”嘉姆平静地说，声音平淡无波，就像放了很长时间的苏打汽水。“祖米，你能上楼把我的老花镜拿下来吗？”

“现在吗？”我问，我知道她现在并不需要。

“现在。”嘉姆回答得不容置疑。

我慢慢走着，能走多慢走多慢。我太想听他们谈话的内容了，为什么把我打发走呢？以前从没发生过这样的事。

我忽然希望巴克艾开车撞到了树上或者遇到了更严重的事情，这个念头把我吓了一跳。我没有接触过死亡，但对于我们三个来说，这个结果也许也是一种解脱。宾戈！一切都解决了！然后我开始设想交通事故有多惨烈，现场有多血腥。忽的，我赶紧在脑子里把那个念头打了个大大的叉，又补了好多个紫色的重重的叉。我怎么能产生这么邪恶的想法呢！

我拿着眼镜下来的时候，那个警官正坐在餐桌旁边喝冰茶。在谈论了一番天气和今年的西红柿将会丰收这些话题后，他又问了问去朱爱尔肉市场的路怎么走。朱爱尔家族一直从事肉制品生意，他们的店离我们家的古董店很近。他们从 1875 年起就在那里了，他们的香肠、腊肠、熏肠和火腿非常有名。如果他还有心情想朱爱尔肉制品的事，那他刚才肯定不会是来送死亡通知的。他问阿尔·卡彭（黑帮教父，1925—1931 年掌权，卡彭时代的黑手党党徒风衣下藏着冲锋枪，火拼时用手榴弹开路，强硬残忍的作风令其他黑帮胆寒。——译者注）是否真的在那儿买过肉，嘉珀斯说是的。嘉姆基本上没说什么话。

等纳博警官开着警车走了，我马上问道："巴克艾没事儿吧？"我努力使自己问话的声音和语气听起来像是希望得到这样的回答：巴克艾没什么事情，他很好。

爷爷奶奶没有立刻说话，我知道他们在彼此对望，想着应该怎么对我说最好。

"祖米，坐下。"爷爷说，"那个警察想知道我们是否知道巴克艾的下落，以及他上周是否在弗林特，他还问巴克艾开的是什么车。"

"为什么？"我的声音有一些短促和尖锐。

"不知道，那个警察没说。"嘉珀斯摘下棒球帽，用帽子边儿蹭着脑袋，好像在蹭痒痒似的，然后又戴上了。有时他觉得不舒服就会做出这个举动。

"你告诉他了吗？"我坐在椅子上，刚从记事本上把"**警察到访**"几个字划掉。

"当然。"爷爷拿着装着冰茶的玻璃杯哐啷哐啷地走到洗碗池那儿，把杯子放进去，"只是不知道巴克艾上周是不是在弗林特。其他的我都实话告诉给那个警察了。这些天，弗林特是一个让人感到难过的地方，那儿的失业率现在是全国最高的。"

嘉姆正在一个炖肉用的浅锅里放通心粉和乳酪，然后在上面又覆了一层面包屑。“还有一件事我们没跟警察说，那个盒子。”她说，好像是在自言自语。

“是啊，那个盒子，我们也没说。”嘉珀斯慢慢地说，“或许我们不该隐瞒这件事？”

嘉姆转过身：“我们不说盒子的事情，只是不想在一个堆得满满的盘子上再增加麻烦。那个警察说巴克艾还卷入了其他的事情，不过罪行不重，都是轻罪。”

“哦。”我脑子飞速地转着，“比如呢？”

“我们没有问。”她说。

“为什么不问呢？”我急了，“如果那个盒子很重要，我们留下它，会不会也都变成罪犯呢？”

嘉姆转身走开，打开碗柜，乒乓乒乓地不知道在干什么。嘉珀斯重重地叹了口气：“我还没想到那么远，祖米。”他的声音嗡嗡的，“毕竟血浓于水。不过不管最后的结果怎么样，你都是无辜的。再说，我们什么都不知道，我们只是把那个盒子放在车库一些日子，如果巴克艾要拿回去，就拿回去。”

我不再说话了，我该说的都说了。

我想到那条规则：你想得到怎样的对待，就先那样去对待别人。爷爷奶奶刚才就是那样做的。

我突然为我那些不厚道的想法感到羞愧，也努力尝试着去为巴克艾担忧。但不管怎样努力，我脑子里出现的总是他那被一分为二的眉毛、他就着洗碗池的自来水管喝水时喉结上下滚动的样子，以及抢走我笔记本的那双大手。

一想到这些我就忍不住哆嗦。

一个结巴和她的“回文”名字

A Palindrome with a Stutter

“你刚才说你叫什么名字?”那个脾气像鞭炮一样风风火火的女孩子大声问我。

“祖米。”我想她下一个问题肯定是:那是什么名字?结果她没问这个问题。

“很奇特的名字。”她说,“我叫劳拉,这样拼写:L—O—R—R—O—L,而不是 L—A—U—R—E—L。我妈妈总是拼错单词,但她却说我的名字是特意这样拼写的——有一个‘回文’名字会很幸运。”

“哦。”我回答她。

“别说你喜欢这个名字啊。”她补充道。

“好的。”说完以后,我就把注意力放在电脑上。

“奇特”,这个词我知道,是奇怪的意思,但是我们镇上的人不怎么用这个词,城里人才用这样的词。这个女孩儿是谁?还有,“回文”到底是什么意思?

图书馆的二层有一段时间静悄悄的,我俩谁也没说话。一辆火车呼啸而过,图书馆有微微的颤动。然后,一切又恢复平静。我刚才正在搜索“吉丁虫”,现在刚搜出一个结果——这是一种对白蜡树危害极大的虫子,密歇根现在已经遭灾。看完这个,我又输入“回文”这个词,网上给出的注释是:正着念(拼写)倒着念(拼写)都一样的词。

我们俩都很安静，所以当我的肚子咕噜咕噜叫起来的时候，声音特别突兀。我赶紧把手捂在肚子上，但是不管用，还是咕噜咕噜响。

劳拉的椅子吱吱响了几声，然后我听见她笑了。一开始我以为她在擤鼻涕，因为那声音更像是擤鼻涕的声音而不是咯咯的笑声。

“对……对……对不起。”她说。我原本觉得她或许运气不错，但是她却有结巴的毛病，这使我多少有了些勇气。

“没关系。”我说，说完自己也想笑。如果我爷爷这时候在这儿，听着我肚子这么大的动静，肯定会问我，饿成这样是不是可以吃下整头牛了！

我想换个话题，于是我问：“你不觉得‘回文’跟马蹄铁很像吗？”问完我就后悔了，我为什么会想到问这个！

果然，劳拉一脸不解地问：“啊，什么？”

“我的意思是，它们都表示好运，而且两边都一样（马蹄铁中线的两边一样，回文，比如L—O—R—R—O—L，从中线分开，两边也是一样的。——译者注）。”我有些窘迫地解释道。说这话的时候我甚至都不知道该把视线放到哪儿，只好聚精会神地盯着我面前的电脑屏幕。

“你为什么老是戴着那副眼镜？它看起来和别的眼镜不太一样啊。”

哈，我就知道，她心里是憋不住问题的。

“我的眼睛是病理性近视。”我向她解释道，并且为自己终于也能说出几个很长的单词而感到小小的雀跃（病理性近视的英文单词比较长，是Pathological Myopia。——译者注）。她总算问到这个问题了，我很开心，并接着补充：“我是法律意义上的盲人。”

“噢，那太糟糕了！”劳拉说。

“没关系，我习惯了。”

“嗯，我喜欢你的眼镜。”她说，“我觉得它让你看起来很有学问的样子，是不是？”

咳！我又惊叹了一次。“我不知道。”这回答听起来有些愚蠢。

“见……见……见鬼！”劳拉突然嚷道，一下子从椅子上跳起来，“我又忘了！”紧接着，她朝楼下走去，楼梯上很快传来她“踢里踏拉”的脚步声。

这个风风火火的有些结巴的女孩儿拥有一个代表幸运的“回文”名字。这些天我为什么老是想到“运气”呢？为什么巴克艾的卡车轮胎留在花园里的印迹看起来像是一个马蹄铁呢？

劳拉走后，我拿出记事本，却不知道该写些什么。如果我把她的名字划掉，该会带来坏运气吧？

《“瓦斯”公报》：第6期

The Gas Gazette：Issue Six

一份关于神秘灵魂的免费报纸

❖我父亲想让我和他一样成为一名医生，我努力过了，但是我不能忍受看着病人在痛苦中挣扎。那年代，医学还没那么发达，很多时候都要为病人锯胳膊锯腿。医生总能听到惨叫声。

❖我同意去学校，因为这样我就能在乡村随意地散步。

❖我基本不做与牧师相关的功课，取而代之的是，我经常和大学里一个自然学家促膝长谈，我帮他收集活标本供他研究，活捉青蛙可是我的长项。

❖有一回，我在一片湿地里发现一种罕见的食虫花，但是我和食虫花之间隔着一片泥塘。我找到一根竿子，想在其他同学面前显摆一下，撑着竿子跳过泥塘，结果出糗了。我撑着竿子腾空跳起，结果，没跳过泥塘，反而让竿子给挂在了半空。所有人都笑了起来。我慢慢从竿子上滑下来，掉到泥塘里。不过，不管怎样，我拿到了那植物。

❖一生中，我经历了各种焦虑、不安和尴尬的时刻，但我一直坚持着收集和收藏我喜欢的东西。从不半途而废。

我是谁？

敬请期待下一期！免费的！

甜豆

Dilly Beans

第二天，我想得更多的是劳拉，反而不怎么去想巴克艾和那些乱七八糟的事情了。她接连两个下午出现在图书馆，她在电脑前干什么呢？当地的孩子在夏天一般都会参加一个日间夏令营或者在家帮父母干活。

对于我家和生活在三棵橡树小镇的其他家庭来说，夏天是最忙的一个季节。人们在这个季节，有的忙着耕种，有的忙着生产，有的忙着做买卖，还有的三者都做。

每年夏天，嘉珀斯都会给菜园里的土地施肥、松土，嘉姆则负责播种和间苗，我就负责每天早晚浇水。我看不见从水管出来的水流向何处，但我很会把握喷水的力度，也知道应该把水管的水往哪里喷，以及喷多长时间。另外，我还负责锄草。

当我跪着趴在地上的时候，我发现了好多小昆虫。因为离太远了我看不见，我总是凑到它们跟前观察，也因而发现好多趣事。我发现这些昆虫和人一样，有的昆虫希望引起别人的注意，有的则希望不被打扰；有的胆子很大且外表花哨，有的则很胆小、神秘；有的吃叶子的时候整洁优雅，有的则这儿吃一口，那儿咬一口，一片狼藉。

如果我看见有虫子正在啃食我们种下的作物，我会小心地把它引到一片叶子上，然后把叶子和叶子上的虫子一块儿放到杂物间后面的草地里。我估摸着这虫子要想再回到我发现它的地方得花上几个星期，期间估计它也会很惆怅吧；或许它不想回到原来的地方，而去别的地方探险一番呢！我不会把活着的虫子带走，我只保存那些死掉的。

菜园占据着后院的大部分空间，我们吃的蔬菜大部分都是自己种的。我有一张清单，上面记录着每年春天我们种下的作物种类、这些作物发芽和收获的时间，以及每种作物收获了多少。今年我们种了莴苣、香芹、紫苏、菠菜、圆白菜、黄瓜、西葫芦、茭瓜、茄子、辣椒、豌豆、甜菜、四种番茄、三种豆类和两种南瓜。奶奶冷冻了很多蔬菜，并且用收获的其他作物制作了腌菜、汤、砂锅菜和面包。我给奶奶打下手，洗洗菜、切切菜，确保把灰尘洗掉，把虫子挑出来。每回我们有了好收成，嘉珀斯都会骄傲地赞叹一声：甜豆是连上帝都喜欢的食物——一种腌制的微辣辛香的绿色豆类，他最喜欢的小吃。每当这时，嘉姆都会取笑他一下。

那天我一边帮嘉姆把正往上攀爬的豆秧绑在架子上，一边想着不知道劳拉喜不喜欢甜豆，为什么她总是独自一人呢？

别问！我不会说的！

Don't Ask, Can't Tell

夏天，我的一天通常是这样度过的：上午的时候帮助嘉姆洗洗衣服、做做饭，或者到菜园帮帮忙；下午要么到店里帮嘉珀斯的忙陪陪他，要么到图书馆去消磨时间。

我们从没去过密歇根湖，尽管它离我们居住的小镇仅有20分钟车程。之所以从没去过那里，一是因为我们有很多工作要做，没有时间，还有一个原因，用爷爷的话来说就是我们都是旱鸭子，谁也不会游泳，而且也不习惯躺在沙滩上。

密歇根的果园盛产多种水果，嘉姆用蓝莓、草莓、李子、樱桃、桃、梨和苹果做成各种派和果酱。她做派的独家秘方在我们这个小镇非常出名，我知道这秘方，因为做派的时候，我帮助嘉姆称量各种原料，不过，我不会告诉你这个方子的（但是可以给点小提示：做派的时候，多想想柠檬和枫糖，不要老想着白糖）。

夏天，小镇上的人们都喜欢嘉姆做的食品，所以她做的派和其他食品供不应求。有的时候，她会用苹果馅饼或李子蔓越莓面包换秋天的鹿肉排，因为嘉珀斯不能去打猎了。有一回，她用八块南瓜核桃面包从肉市场换了一根圣诞火腿。

三棵橡树小镇的人们彼此熟识，因此交换食物是很常见的事情，因为大家都知道谁擅长做什么。他们中的很多人都有一份正式的工作，领取较为固定的薪水，但他们还是喜欢在后院种植一些蔬菜。春末到秋初的周六，他们中的一些人还会在榆树街的农贸市场支一张桌子，将富余的蔬菜拿出来卖。他们售卖的对象多是那些居住在密歇根湖附近的城里人，他们开着车来到我们这里，参观这个只有一条主要大街的小镇，顺便买一些新鲜食物。当我长大了，能帮他们在摊位上干活时，他们决定不做这业余的生意了。原因是，比起我们的蔬菜，那些城里人对我的眼睛更感兴趣，他们总是问为什么我看什么东西都要凑那么近。于是，我们就要一遍遍解释，不胜其烦。每当这时，奶奶总是打断他们："我们还是看看这西红柿吧，不要说那个了。"但往往没什么用。

我们种菜、做饭、烘焙点心、经营店铺。从劳动节到6月1日，我们的店铺周六日不休息，一周七天都开放，这样嘉珀斯就不会错过任何一单生意。他不喜欢写字，于是我就为他记了许多清单。他有的时候会低价收购一些东西来卖，这些东西总是乱七八糟的，而我就帮嘉珀斯将这些东西分类，将可以卖的东西挑出来。大部分城里人不知道讨价还价是嘉珀斯的长项，这是嘉珀斯和我的秘密。

当有人讨价还价时，嘉珀斯通常会耸耸肩说："我们的东西不讲价的！"我们并非奸商，只是想以这些城里人能够接受的公道价格卖东西罢了。我想知道劳拉对张伯伦古董店的看法，她觉得很酷还是觉得很怪，像我的名字一样怪？我不断琢磨着她那句话的意思，我给了她一块我们收集的旧马蹄铁，我知道嘉珀斯不会在意的，因为在我们这个小镇，一块旧马蹄铁比一张报纸还便宜。她当时说了一句："你太幸运了！"

这句话包含着什么意思呢？我告诉我自己别把这话当真，或许她只是客气客气，说不定她讨厌所有陈旧的东西呢！像她那样一个在安静的地方（比如我们小镇的图书馆）弄出那么大动静的人来说，似乎应该只对城市里的商场和所有的新东西以及喧嚣的生活感兴趣。或许，她正在嘲笑我这个戴着超厚眼镜、肚子咕噜咕噜响的家伙呢！算了，不想这个了！

如果今年夏天她打算在图书馆的电脑前度过的话，那么我们俩就不会经常见了。我必须变坚强，因为很明显，如果用昆虫打比方的话，她和我显然不是一类，她也不可能变得和我一样——总是把自己藏起来又害羞的那类虫子。一个有趣的念头忽然蹦进我的脑海：人和昆虫毕竟不一样，人可以根据自己的意志改变自己。

如果再见面，我一定会勇敢，先开口打招呼。

让我们惊讶的……

We Get Curious

时间悄悄流逝，转眼 6 月就过去了，7 月即将到来。这两三天我忙得晕头转向，都没时间去图书馆了。这是美国中西部常见的一个夏天，风大而干燥。狂风到来，呼啸着席卷平坦的大地，好像永远不会停止似的。这样的天气意味着很多额外的工作。

菜园里的篱笆全都倒了；庄稼极度干旱；浇水也变成了一项斗智斗勇的工作，因为喷出来的水柱让风一吹，就偏离了原来的目标，不知道浇到哪里去了。一天下午，搭在晾衣绳上的一床被子也被风刮跑了，压坏了一大片豌豆苗，我们不得不把它们一棵棵扶起来，并且插上小篱笆好让它们攀附。

起风的第三天中午，刚吃完午饭，我正在洗碗，嘉珀斯走出厨房，然后我就听到车库的门响了。不一会儿，嘉珀斯乒里乓啷地返回来，手里拿着一个我从来没见过的盒子。我马上意识到，这是巴克艾寄存在家里的那个盒子！嘉珀斯把它随手扔在餐桌上。

“阿什！别把那个脏东西放在我的桌子上，快拿走！”嘉姆急忙说。

我们都看向那个盒子，嘉姆说的没错儿，它看起来风尘仆仆，似乎经历了多次旅行。这是一个陈旧、暗色调的破烂盒子，被密封得好好的，最外面是一层胶带，里面用一层透明塑料包裹着。

“真想把它打开看看，里面是不是有钻石！”爷爷边冲我眨眼睛边说，“或者是不是有蒙娜丽莎！”

“说不准是亚伯拉罕·林肯的内裤呢！”我插嘴。

“我们可以打开吗？”嘉姆问，“这是我们的吗？”

爷爷耸耸肩膀说：“巴克艾把它给我们了，而且这盒子放在咱们这里有些日子了，你们就不好奇吗？”

奶奶的眉毛向上挑了挑，然后把脸转过去，这是她的习惯动作，当她想做什么事情但又觉得不应该做的时候，她就这样。

“爷爷，快！咱们看看！”我说。

“来，咱们把它拿到车库去看。”嘉珀斯说着，便拿起盒子要走。

“就在这儿打开！放到地板上打开就行！”嘉姆急忙说。原来她也很想看看里面到底有什么。

“不不不！我和祖米还是到车库再打开它吧！”爷爷边说边冲我挤眉弄眼，“毕竟这盒子在厨房打开不合适，亲爱的。”

嘉姆已经拿出一把大剪刀：“阿什·张伯伦！你非要把一位女士逗死吗？”然后就去拿那个盒子。

“当然不是！”嘉珀斯乐呵呵地说，“我以为你不感兴趣呢！”

“你们这两个让人难以忍受的家伙！”嘉姆说，“我投降了，就把这东西放在桌子上打开吧！”

我们的生活里从来没有出现过这样奇怪的包裹，于是在打开它的时候我们都有点兴奋。小镇的生活总是波澜不惊，而这个盒子会给我们的生活带来什么改变呢？

盒子中的东西

Inside the Box

嘉珀斯很快就将包在盒子外面的胶带和塑料剪开并撕下来，盒子很容易就被打开了，我凑上前去仔细看，看见一小块旧毯子，毯子的颜色是覆盆子的颜色，有些地方已经破了，露着线头。

“这是丝绸做的。”嘉姆的手指轻轻抚过毯子，接着说，“看起来像是搭在腿上的毯子，你们知道，人们坐在椅子上时，为了保暖会在腿上搭一块儿毯子。”

嘉珀斯已经把它从盒子里拿出来。

“阿什，小心点儿！里面说不定是非常易碎的东西！”嘉姆提醒道。

“噢……”嘉珀斯眯着眼朝那层层叠叠中觑了一眼，“我知道这是什么，我们发财了！”

嘉姆和我对望了一眼，不约而同地翻了翻白眼。

嘉珀斯把裹着的毯子打开，发现还有一层，是枕套，从形状来看，里面的东西应该不大，四四方方的。嘉珀斯把枕套打开，拿出一个旧笔记本。

“唉！原来是一个笔记本啊。”嘉珀斯失望地说。

他把那样东西递给我，我慢慢打开它，然后翻了几页。上面的字迹很潦草，弯弯曲曲的很难辨认，有好多已经被划掉了，还有好多随笔乱写的东西。

“啊!”我低声叫了一声，在封面上发现一个纸标签，上面写着“*Ga-la-pa-gos*”，我按照音节慢慢读了出来，后面还有，我接着念出来：“*Ota-*，哦，后面的字母看不清，然后是 *Lima*。*Galapago* 是什么东西？一种水果吗？”

与此同时，嘉珀斯也把毯子使劲抖了好几下，但是盒子里没有其他东西了。

“这下好了。”嘉姆说，“我们也不用担心如果里面是珠宝该怎么办了，我倒觉得这是件好事。谁知道呢？对了，祖米，你刚才是不是念了青豆（Lima）这个词？或许这是一份农作物的清单，来自世界的其他地方，应该很值得一看。”

“这个本子以后能由我保存吗？”我问。

“这有什么不可以的？”嘉珀斯说，“这个盒子可能更值钱——现在已经没有人做这种盒子了，我会把它拿到咱们的店里去卖。”

“把这毯子也带去吧!”爱尔奶奶说，“也许那些喜欢收集古旧织物的人会喜欢，反正这毯子看起来太娇贵了，咱们也用不上。”

“祖米，你今天下午跟我一起去店里吧，好吗？”爷爷问我。

我还在看那个笔记本，我隐隐有一点儿高兴。这个本子上没有写名字，这或许说明这本子和我的日常记事本一样，是某人用来写很私人的内容的。

“好的，不过，在去店里之前我能先去趟图书馆吗？”我把这个笔记本放在厨房的灶台上，和我那一堆记事本紧挨着。“你把我送到图书馆就先走吧，我办完事情自己去店里就行。”我曾经丈量过从图书馆到店里的精确步数，因此，我自己过去完全没有问题。

最主要的是，我想看看劳拉是不是在图书馆。

一只不友好的手

A Heavy Hand

来到图书馆，我先在二层放电脑的地方转了一圈，才坐到我通常使用的电脑前。我看过了，劳拉不在这儿，这儿只有我一个人。

我对自己突然冒出来的失望情绪感到很吃惊。我本来已经准备好了问她哪些问题，也想好了怎样问才显得自然，不让她觉得愚蠢。可是，她不在。我不禁好奇：她怎么总是这么风风火火的？

三棵橡树小镇的人们也总是在工作，很少有闲着的时候，但是他们并不匆忙，更不会风风火火。不过，话说回来，这里只有我一个人，更方便我调查更多巴克艾的事情。

我在搜索引擎里输入：弗林特、密歇根、报纸这三个关键词，最先蹦出来的是《弗林特日报》。这是一份日报，上面肯定有很多新闻。我对弗林特知道得很少，只知道那里有一家很有名的汽车制造厂，而现在，那里的很多人处于失业状态，因为这家汽车厂倒闭了，这件事连小孩子都知道。我深深吸了一口气，然后吐出来，就像嘉珀斯那天在厨房做的那样。然后我又输入：犯罪、巴克艾·张伯伦这两个关键词。搜索结果如下：

弗林特居民涉嫌汽车盗窃

周三晚，一辆红色的福特小卡车在隆尼牛排屋外被盗。嫌疑人叫巴克艾·张伯伦，31岁，弗林特居民，原籍三棵橡树小镇。张伯伦先生曾是通用汽车流水线操作工，两个月前被辞退。卡车的主人是一名古董商，应其要求，我们在此隐去其姓名。失主说他把车停到楼后面以后就进到店里，进入店里后，他看了一会儿当地的新闻报道，然后决定吃点儿东西。张伯伦先生是当时店里除了他以外的唯一一位顾客，也是小店的常客。据说，那天张伯伦先生喝了很多酒，也比失主先离开小店。他在喝酒的时候说了很多醉话，失主从他的话语里知道，他刚刚失去了公寓还有他的汽车，但是他会活下去，不会做一个轻易放弃的人。店员可以配合警察的指认。

失主在张伯伦先生离开不久走出小店去取车，才发现车不见了，而张伯伦先生也再未在周边出现过。

如果您有这辆卡车或者巴克艾·张伯伦的任何消息，请拨打密歇根警察局的热线。

我的脑子里现在好像有千万只蜜蜂在嗡嗡叫着。我盯着电脑屏幕，思绪飞快运转：这么说来，巴克艾开的那辆卡车很可能是偷来的了，那么，那个盒子呢？我猜，那个盒子从某种意义上来说应该很贵重，否则，它为什么会和一个古董商扯上关系……

我正在发呆，忽然感觉肩膀被一只手重重地拍了一下！

陈年德国泡菜的味道

Old Saucerkraut

我不用回头看都知道那不是嘉珀斯的手，嘉珀斯的手温暖而有力，而这只手给我的感觉却是冷酷无情。同时，我又闻到了那股旧绷带味道，透着一股阴暗肮脏的气息。我的心剧烈地跳着，感觉快从嗓子眼儿蹦出来了。

“小鬼!”巴克艾不怀好意地笑着说，“我挑的这个时间真不错，正好你落单儿了，哈!”

我艰难地咽了一口唾沫，想先把电脑屏幕关掉，但是，却中途改变主意，用手轻敲起下巴。啊，镇静！镇静！如果我保持平静不让他看到我的恐惧，说不定他就会离开了，就像大黄蜂一样。嘉姆曾经跟我说，千万不要让黄蜂知道你在害怕。我要想求助的话，最近的路就是跑下那段长长的大理石楼梯，到一层。巴克艾似乎看透了我在想什么，低声咆哮着:“现在，楼上只有咱们两个人，楼下的人也不会听到这里的动静，小家伙。”说着，他拖过一把椅子，在我旁边坐下来。

我把眼镜重新戴上，之前为了近距离看电脑屏幕上的消息，我把它摘下来了。然后，我看到了巴克艾那双满是污垢的手，还有他那条脏得不行的裤子。我暗暗地想，这裤子要想看出原来的颜色，怎么也得洗个十遍八遍的吧！然后，我又从他裤子的破洞里看到了他的膝盖。

这时，他正前倾着身子看电脑屏幕上的信息，我只好研究他指甲下面那些污垢还有他微微颤抖的手，他的指关节干燥且裂着口子。他很快就看完了，然后往椅背一靠，满不在乎地哼道：“好啦，你知道了？但不管怎么样，这下我出名了。你想做什么呢？偷偷地在背后调查我，然后让我麻烦缠身，哈？”

我本打算立刻摇头，但是我的身体却不听使唤，我仍然不停地敲着下巴，想把警察到家里询问的事情告诉他，但是却一个字也说不出来。

“你现在在想什么呢？是不是打算告发我，啊？”

我急切地想要摇头表示自己不会这么做，但是由于太慌乱了，身体怎么也不听使唤了。

巴克艾阴森森地笑着说：“你就是一个小怪物，不是吗？好啦，不管怎么样，我也不会担心你会出什么幺蛾子，我不会被抓住的。”说完，他凑到我耳朵旁边，一股陈年德国泡菜般刺鼻的味道扑面而来，“你最好别告诉别人你见过我，否则，我会让你消失。你只是一个意外，你的名字也是见不得光的，这样的话，如果你因为什么意外而消失的话，也不会引起太大的乱子。还有，”他的声音中夹杂着“嘶嘶”声，像一条毒蛇吐着信子，“如果你想让我的父母、你的爷爷奶奶平安，就把咱们这次见面当成秘密烂在肚子里！”

就在我保持沉默、只不停敲打下巴的时候，他忽然重重拍了一下我的肩膀。对于巴克艾来说，或许这是他做过的最好的事，但是却把我惊着了。完全出自一种本能，我“唰”地一下站起来，朝楼梯处飞快地跑过去，身后传来一连串的低声咒骂，然后是椅子翻倒的声音。后面再发生什么事我就完全不知道了。我试着抓住楼梯，但是只抓住了空气。然后，就是浑身的疼痛袭来，因为我一脚踩空，就从长长的楼梯上滚了下去：一阵“七里咣当”的声音伴随着眼前忽明忽暗的光线过后，我终于滚到了地面。

我听到一阵急促的脚步声传来，然后就是图书管理员科鲁兹太太将我全身仔细检查了一遍。看我没什么大问题，她用纸杯倒了一杯水给我，然后问我发生了什么。我不说话，她倒也没怎么介意。我眼镜的镜框有些摔歪了，但是镜片没破，我就还凑合着戴着，这样我好歹还能看见点儿东西。她打了嘉珀斯店里的电话，然后告诉我一会儿我爷爷就会过来。

“楼上现在有人吗？”我问科鲁兹太太。

她摇了摇头，橘色的卷发随着她摇头的姿势轻快地晃动：“应该没有。”她想了想，恍然大悟道，“噢！可怜的孩子，我知道是什么东西吓着你了！楼上有一只麻雀飞进去了，有的时候它会到处乱飞，很抱歉没有早点跟你说，噢，我真是不应该。”

我想给科鲁兹太太一个微笑，但是我的脸还僵硬着，不知道这个笑容最后在脸上呈现出来是个什么表情。一只“麻雀”吗？我知道这个图书馆肯定有后门或者楼梯井，而巴克艾也肯定对这一切了如指掌，毕竟他是在三棵橡树长大的，而他肯定也是那种什么地方都要偷偷去看看的孩子。

嘉珀斯很快就来了，见他急匆匆地进来，我马上站起来。可还没等我说一个字，科鲁兹太太就把“麻雀把我吓得从楼梯跌下来”的前因后果跟爷爷说了一遍。爷爷听完，把他的大手搭在我的肩膀上，这只手和巴克艾的那只手简直是天壤之别，即便是这手的皮肤，也传递着慈爱和关怀。

“祖米，我们回家吧！”爷爷只说了这一句话。

和爷爷一起回家的路上，巴克艾那充满轻蔑和不屑的话让我感到阵阵灼痛，就像我刚蹭伤的胳膊，火烧火燎地疼。“怪物”——他这样叫我，这让我感到很受伤。如果爷爷奶奶知道巴克艾对我说了什么，他们肯定会大发雷霆，尤其是他那句“会让我这个顶着见不得光的名字的意外从世界上消失干净”这句话，绝对会把爷爷奶奶气疯的。但是如果他是来真格的呢？我又想到了他对爷爷奶奶的威胁：“如果你想让他们平平安安的话……”

我根本不敢告诉嘉珀斯和嘉姆我见过巴克艾这件事，我不能拿我们的命冒险。我不停地敲着下巴：如……果……除了敲着下巴沿着榆树街匆忙赶路，我实在不知道还能干些什么。我和爷爷路过一家又一家商店，直到看见我们家的厨房门。

终于到家了，我不确定我和嘉珀斯谁更开心一些。

一个雪球

A Snowball

即便已经安然无恙地坐在厨房的桌子旁，我仍然心有余悸，那感觉就像是被什么人扔进了满是冷水的浴缸里，或者被人拿走眼镜，然后告诉我要和一个疯子玩儿捉迷藏。爷爷奶奶太了解我了，他们一定知道我现在被烦恼缠身，这一点从他们安静的态度里就能知道。

嘉姆将我蹭破皮的胳膊肘仔仔细细用水清洗了一遍，然后拿过我的眼镜，把摔歪的地方矫正好，让我试戴一下，问是否还能用。我点了点头。

终于，她问道，声音很轻很柔：“真的是一只麻雀吗？”

我真想马上把真相告诉他们，可是我的嘴唇哆嗦得厉害，眼前也一片模糊，真相，要不要说呢？

“这事儿和巴克艾有关吗？”嘉珀斯打雷般的声音在我耳边响起。

幸好此时嘉姆把我揽进怀里，他们没看到我的表情。此刻，真相就像是一个雪球，在雪地里越滚越大，压在我胸口，我就要喘不过气来了。周围那样静，我知道他们在等我的答案，就连从窗户溜进来的微风似乎也静止了，只为听一下那个答案。我脑子飞速转着，忽然，我想起了那则消息。我站起来，擤了擤鼻子，感觉那令人不安的深渊忽然不那么恐怖了。然后，我听到自己说：“和巴克艾有点儿关系，我在电脑上搜索出了弗林特的一张报纸，报纸上有一则卡车失窃的消息，里面提到了巴克艾的名字，他是嫌疑犯。”

嘉姆叹了一口气：“噢，亲爱的，亲爱的，就是这个惊吓到你了吗？”嘉姆的语气听上去困惑多于惊讶，好像在困惑这么一件事也能把我吓得从楼上跌下来，而并不对我说的巴克艾可能偷了一辆卡车这则消息表示吃惊，似乎，和巴克艾的事情相比，她更关心我的事情。想到这儿，我浑身的擦伤好像没那么疼了。

嘉珀斯则插话：“还有什么其他事情吗？”

于是我把一些细节说给他们听：古董交易商要求在报道中匿名，卡车是停在一家饭店的后面，巴克艾失业了并且没有地方可住……然后我提到最后那部分：任何人有巴克艾的相关信息，可以拨打警察局的热线电话。“我们没必要再打电话反映什么情况了，”爷爷有些不耐烦地说，“该说的，上回那个警察来的时候我们已经说得很清楚了，而且我们确实也不知道巴克艾现在在哪儿。”

但是我知道啊，我心里嘟哝着，我知道！

那天的晚餐静悄悄，我想我们都沉浸在一种压抑的氛围中，各自的烦恼一大堆，谁也没有心情说话。等吃完正餐，吃甜点吃到一半，嘉姆碰了碰嘉珀斯的胳膊：“那个盒子和盒子里的毯子，最好还是先留着吧，别卖了。”

“嗯，我知道，它们现在在店里，我会把它们挪个地方，找个角落放好。”

“那我还能继续看那个旧笔记本吗？”我问道。

嘉姆想了想，说：“只要当我们需要把它交给警察的时候你能把它拿出来就行，我不认为看看它有什么不可以的。”

“嗯，没错。”嘉珀斯也附和道。

就在那时，我忽然了解了，原来我们每个人面对未知时都是茫然的，没有谁能洞穿一切，也没有谁能看得更远更清晰。对于我们这样一个再普通不过的家庭来说，这个盒子显然打乱了我们平静的生活。

那些“×”

×s

那天晚上睡觉前，我拿出那个笔记本来看，希望以此分散一下注意力，不要老去想巴克艾的事情。那本子的皮是红色的，上面的标签只有三个单词，竖直排列着，像是什么清单。我把鼻子凑近那本子闻了一下，嗯，一股陈旧的气息，但不令人讨厌。那三个单词，最上面的是 *Galapagos*，下面是 *Otaheili*，这个单词看不太清楚，笔迹太乱了，也可能是 *Otaheile*，然后最下面的那个单词是 *Lima*。

我打开笔记本，第一页上除了一个被圆圈圈起来的单词 Benchuca，剩余的记录全部都打着“×”。那个唯一没被划掉的单词左边还有一个日期：1835 年 8 月 4 日。我见过上面提到的那个时期的书，好多人家把这些书装在纸箱里按旧物卖掉，但我还没见过那个时期的笔记本呢！据我所知，那些老书都不贵，起码我们家店里的那些都不贵。那些书好多都没怎么读过，而且七零八落的，有的甚至已经发霉或长蠹虫了。

翻开第二页，那好像是一张清单，但被一个大大的、歪歪扭扭的“×”号整个划掉了。嚯！那个写字的人写得太快了，所有字母都连在一起并且乱七八糟趴在纸面上，那个单词是 *Pacaguas* 吗？那个日期是 1 月 19 日吗？不过在这一页的最下面，有 1826 这个数字，虽然潦草但还能看清楚。我接着往后翻，里面有一些句子，很显然，有句子的话就应该不是清单一类的了，但是仍然被大大的“×”号整个划掉了。这些句子中能辨认出来的很少，我只能辨认出“出发”两个字，接着往下两行，能看出来“山也是温柔的”几个字，然后直到大半页的位置，能看出来“事情”两个字，然后，往下两行，能看出“很温柔”和“哪个”几个字。

我打了个哈欠。从这些已褪色的普通字句中，我体会到了一种心安，或许，很久以前记录下这些文字和思绪的人也和我一样，有过艰难的时刻吧。这个笔记本的主人说不准有一大堆的奇遇，并且有生之年把这些奇遇都记录下来了呢！

我拿起我的记事本，并写下“**今天没有再遇到恶龙**”几个字。我想起了我的老朋友哈罗德和他的紫色粉笔，他用那支紫色的粉笔为自己创造了一条恶龙，并有了后来一系列的冒险。而我却面临着实实在在的“恶龙”——巴克艾。

我把最后一条记录狠狠划掉，并沿着划掉的痕迹来回划了不下十遍才算完，然后在今天一整天的清单上划了一个大大的叉。我把本子合上，放在床边的地板上，然后又把那个旧本子小心翼翼地放在它的上面。然后，像哈罗德一样，我放下紫色钢笔，上床睡觉。

小镇上的陌生面孔

New Face in Town

“我真没用！”第四个游戏参与者懊恼地嘟囔着。一想起自己的卡车被那个酒鬼开走了，他就觉得无比窝囊，而放在卡车里的那个盒子更让他惦记。他觉得自己的一生也许就这么一个机会，但这机会却在自己眼皮底下被抢走了。竟然被偷走了！

“如果这是我做的最后一件事……”他咬了咬牙，又说了一句。

他报警的时候，只说丢了一辆卡车，没说车上还有什么贵重物品，所以警察就按照一般的失窃案件进行案件的侦破工作。于是，他打算背地里自己调查，他做过一小段时期的古董交易商，时间虽不长，但确实做过。他曾经以赝品冒充真品骗过几个顾客，但从未被逮住过。后来他就不做了。然而现在，他已经决定不将那件神秘的珍宝按约定交出去了，他也不会让它落入除自己以外的其他人手里，所以，他决定重操旧业，尽管这有一定的风险，说不准会碰上原先被他骗过的顾客。不过，他别无选择，他要保守住这个秘密，就必须以暴露他的其他秘密为代价。

一个夏日的午后，他开着车穿过三棵橡树小镇那颠簸的火车轨道，他从《弗林特日报》的报道中知道了这个小镇的名字。四周看了一圈儿后，他挠了挠头。

“好了，我会做到的。”他小声说，似乎在给自己打气。

他把租来的车停在大街上，熄掉引擎。图书馆的正前方挂着一个巨大的旧式大钟，但是周围的人显然并不需要它，时间的流逝在这里是如此自然而缓慢。小鸟儿欢快地叫着，街道整齐而干净，没有一家商店用栅栏板做阻隔，美国国旗在微风中懒洋洋地飘着。一个小家伙，戴着一副厚得出奇的眼镜，旁边是一个戴着棒球帽、一瘸一拐的老头儿，两个人穿过马路，走进了图书馆。

“这里好像是50年前的美国！”这个男人自言自语道，“这样的地方会有犯罪？”

土壤

Soil

这回我做好准备了，我已经知道那个说话像鞭炮的女孩儿来我们小镇做什么了。在她向我问那一连串问题之前，我已经想好该怎么说了。从和甲虫打交道的经验里我得知，即便是再勇敢的甲虫，如果你捅它一下，它都会有所犹豫并警惕起来。那天早上嘉姆已经和科鲁兹太太打过电话，让她把所有的电脑都搬到楼下来。

“这样一来你管理上方便吗？”我听到嘉姆在电话里柔声问道，“哦，是吗？你已经把电脑搬下来了，太谢谢你了！”

下午，当嘉珀斯和我迈进图书馆，他说了一句：“这样好多了。”

“什么？”我问。

“看那边，”他用手指着，“都安装好了。”

然后，他抬起手臂朝科鲁兹太太的方向挥舞了一下，好像她就在附近似的，大声地说了一声“谢谢”。然后，他领着我朝另一边走去。走了 14 步后，原来放在楼上的所有电脑和桌子出现在我眼前。然后我发现那“小辣椒”并不在这儿，更是松了一口气。我可不想让她认为我来趟图书馆都要人送，我可是在刚满 12 岁的时候就自己一个人逛遍了榆树街的每一个地方。

“我得去店里，下午 4 点来接你，怎么样？”嘉珀斯说，然后像发现了新大陆似的，嘿嘿笑着说，“你发现了没有，我刚才说的两句话还挺押韵的！”

我冲他挥手示意，话说得很快：“我去店里找你吧，我只是查一些东西，4 点以前就能做完。”

“也好，就听你的！”嘉珀斯大声说，稍微停了一会儿，我听见他向空中深深呼出一口气。

“别多想，不是查你想的那件事。”我声音稍大回复道。为什么我要说“别多想”这个词？这是巴克艾经常说的词啊！我的手一下子颤抖起来，我忽然意识到，不管你多么不愿意，那个人是你血亲的事实是不会改变的！因为有着血缘关系，所以即便再不想，我还是遗传了他某些方面的特征。

“嗯，那就好。有一些土壤，还是让它保持原样，不要翻动它比较好。”爷爷说。每当我钻牛角尖想把某件事情弄个水落石出，而爷爷奶奶又不赞同的时候，他们总是这样说，意思就是让我不要再管那么多，让事情维持原来的样子。

“没问题，我会的，一会儿见！”说完，我在最近的一台电脑前坐下来。“土壤”这个词多贴切啊，我很庆幸没有把巴克艾来找我这个秘密说出来。

当“智多星男孩”碰到“小辣椒”

Brain Boy Meets Firecracker Girl

嘉珀斯离开后，图书馆又变得静悄悄的。坐在这个小小的角落里，我感觉很安全。科鲁兹太太就在我附近，一抬头就能看见我。这里没有楼梯井，巴克艾就不能突然冒出来——这些电脑被放置在一个相对独立的区域，三面被高高的木板围着。

我在浏览器里输入“*Galapagos*”这个词。哦，原来它不是一种水果，是一个地方。我慢慢看着网上字典的注释“一座火山……”，噢，这个单词是什么意思？我又在网上输入 *archipelago*，结果显示是“群岛”。这样看来，*Galapagos* 是一个火山群岛的名字。我接着往下看，终于弄清楚这个词的意思了：加拉帕哥斯群岛（Galapagos Islands，加拉帕哥斯群岛，位于厄瓜多尔西部。——译者注），位于太平洋，由 19 个岛屿组成，像串在赤道上的 19 颗珠子。该群岛以各种珍稀的野生动物而著名，是南美洲国家厄瓜多尔的一部分，主要语言为西班牙语……查尔斯·达尔文乘贝格尔号环游世界时曾在此群岛稍作停留。真奇怪！一艘船竟然以一种小狗的名字命名（贝格尔是一种猎犬。——译者注）！我心里暗暗想到。然后，这条注释又简要地介绍了一下达尔文的理论，我对此几乎一无所知，只看懂了他认为人类是由猴子进化来的这一点。

然后，我闻到了椰子糖果的味道，接着一道声音在我耳边响起："我知道！看一些科学知识当作消……消……消遣！我要叫你'智多星男孩'！"

"才不要！"一句话不假思索地从我口中蹦出。真是的！当然，科学知识并没有错，但是我明明不是在学什么科学知识啊，我只是想解开那本子的秘密！而且，她究竟在暗中观察我多久了？我已经下定决心要做那个最先问问题的人！

"你怎么在这儿！"一句话从我嘴中脱口而出。噢，我原本没打算这么说，这听起来好像不太友好。

劳拉听我这么问，慢慢往后退，双手在空中挥了两下："那……那……那好吧！"

"等等，我不是这个意思。"我有些结巴地说，"我只是觉得你来图书馆和使用电脑的次数很多，让我有些惊讶罢了。"

"噢，我知……知……知道了！你们小镇的女孩子很少有来用电脑的，是吗？"

"不，你还是没有弄明白我的意思！"我觉得自己快要被她整疯了，"真不愧是'小辣椒'！"我还没意识到自己说了什么，这个词已经从我嘴里溜了出来。

劳拉愣了一下，然后我就听到了她那独特的咯咯的笑声，就像汽车鸣笛的声音，我不自觉地被这笑声感染，也笑了出来。"我喜欢这个名字！"她笑了几声后说，"'智多星男孩'遇到'小辣椒'！"

"我给你取这个外号，是因为你总是风风火火而且你的夹趾拖鞋在上下楼梯时总会发出很大的声音。"我解释道。

“嗯，这个外号很适合我！”劳拉说，声音里带着笑意，“我可是总会以一种危险的方式爆发，这是我最大的一个asset。”

这话我相信，不过，asset到底是什么见鬼的东西？它肯定不是指字面的意思。还有，她说话怎么不结巴了？

我觉得要飞起来了

I Fly

有的时候，短短几分钟能发生很多事情。昨天，巴克艾那次短暂的“来访”让我很害怕，仿佛跌入深渊怎么也爬不出去；今天，同样是在这个地方，短短十分钟的交谈让我仿佛身在天堂，心情愉悦得好像要飞起来！

不管怎么样，虽然我突然发疯把给劳拉取的外号叫了出来，但也正因如此，我们之间的关系更加亲密，交流起来更加顺畅和舒服。这样开心地和一个同龄人交谈，对我来说还是第一次。我告诉她我出生在三棵橡树小镇并在这里长大，和爷爷奶奶住在一起。她告诉我她十一岁半了，和妈妈艾丝特住一起。她妈妈是底特律一家私立学校的护士，她们住在学校附近一栋两层公寓里，劳拉也在那家学校上学，是免费的。她今年夏天会来三棵橡树小镇，是因为她妈妈在小镇附近一家日夏令营做兼职。而她不喜欢待在那里，于是跟妈妈说她想来图书馆读书学习。她还跟我说，她想成为这个国家最好的调查记者，因为那样她就可以参与重大新闻的调查采访，那样的日子肯定会非常精彩。

她告诉我她的妈妈是一个犹太人，爸爸也许来自西印度群岛上的一个小岛——牙买加，这个她妈妈也不是很确定，而她更不可能问连面都没见过的便宜老爸。“我们的姓氏是沙因，当然，我随我妈妈的姓。”她说。

然后，我告诉她关于我的一些事情，比如我姓什么，还有我出生不久就被放在爷爷奶奶家厨房外面的台阶上，我的妈妈叫阿贝琳娜，我从来没有见过她，不知道她姓什么，也不知道她是不是真是我妈妈，等等。

“嗨！咱们真是同病相怜！要不咱们组成一个组合吧，叫什么呢……”劳拉的眼睛亮闪闪的，“就叫‘一方父母未知组合’吧，简称 U. P. C.（“一方父母未知组合”的英文词组——Unknown Parent Club——的首字母），怎么样？”

她正好坐在我旁边，我发现我们手背的皮肤几乎是一个颜色。

“好的。”我觉得这个名字很贴切。

“那你爸爸在哪儿？”她又问道。

“不知道。”我实事求是地说，我本想接着说“他的事情对我来说无所谓”，但被劳拉打断了。

“我觉得不在双亲家庭环境中长大最好不过了，你觉得呢？”她问道，但没等我回答便又接着说道，“像我们这样的孩子往往都有很强的能力，这是我的结论。他们从不坐享其成或等着天上掉馅饼；他们学习着如何掌握自己的命运。我妈妈经常说，U. P. C. 是所有家庭形式中最神秘也是最有魅力的一种。”

劳拉总是能讲出一番大道理，我想她肯定很喜欢读书，她的话里有很多我听不懂的词，我大概整理了一下：archipelago，asset，capable 和 intriguing。噢，等等，intriguing 这个词我好像有点印象，似乎和什么隐秘的东西有关。

我赞同劳拉“将命运掌握在自己手中，为自己创造好运”的说法，我突然想到我们店里那些马蹄铁（马蹄铁代表好运）。她竟然提到了运气，真有趣。

“想参观一下我们家的店吗?”我突然问道,“我们可是专门研究那些神秘事物和秘密的。”说完这话,我自己都吓了一跳,我从来没有这样想过我们家的店。和“小辣椒”在一起,我的思想总是有点儿天马行空不着边际,我隐约感觉她正在把我们引向哪里——尽管方向还不明确,但我们都很愉快。

有的时候,事情一旦开始,就再没有回头的可能。

《“瓦斯”公报》：第 7 期

The Gas Gazette：Issue Seven

一份关于神秘灵魂的免费报纸

❖大学毕业后，作为一名自然学家，我在一艘名为“贝格尔号”的帆船上找到了一份工作——收集、观察和记录。这是我梦寐以求的工作，另外，补充一下，我将会和这艘船一起，环球航行，到遥远的他乡。

❖我被告知此次航行将会周游世界，可能会花上几年时间。这对我来说简直太、太、太棒了！我把需要带的行李列了一张清单，从盛放标本的瓶瓶罐罐、地质锤、罗盘，到换洗的马裤和备穿的拖鞋和靴子，可谓应有尽有。

❖我女朋友听说此事后很伤心，我的姐姐们也对此充满忧虑。安抚她们都不容易啊！而原本定好的航程又因突来的狂风而不得不推迟。等待是一件很痛苦的事情，我心中充满焦虑。

❖我们还未启程，一个船员便从船上掉入水中淹死了。我开始害怕死亡，想我的亲人和朋友们，觉得自己真是疯了！但是这个时候后悔显然已经晚了，我不能不去。我就像一个胆小鬼，想到有可能再也回不来，我在信的结尾又加了两句话：愿上帝保佑你们！请别忘记我！

❖我和另外一个家伙挤在一间狭小的船舱里，睡的是吊床，连翻身都很困难。我一开始睡不习惯，只好在桌子上凑合，可是桌子又不足够大，两只脚只好耷拉在桌子外面。

我是谁？

你有过睡吊床的经历吗，或者你曾经为某次旅行而忧心忡忡吗？

敬请期待下一期！免费的！

6月里的圣诞节

Christmas in June

对于到我们家店里去看看的建议，劳拉欣然同意。但是现在已经将近3点了，她妈妈差不多就要来接她了。她说只能下次再去了，因为她不能迟到，如果她迟到的话，必须支付给她妈妈一枚一角的硬币。她说完这话，我忽然有些明白为什么她总是风风火火的了。

她妈妈每天下午都带她骑很远一段路。“她可是非常残酷无情的!”劳拉感叹道，明明是抱怨的话，可我却从中听出了一丝骄傲，“几天前，她骑得飞快，我觉得我的脑袋都要被风吹掉了！还有上周下大雨的那天，我觉得自己都要被雨浇死了。说不定哪天我会被她这样折磨死！想想看，美国第一个因为坐自行车死掉的孩子，多不可思议！那时估计她就会伤心了。”

骑到家（暂住的地方）以后，她们会冲两杯巧克力奶或者可可粉。她们住的地方有一个电炉子、一个小冰箱和一个搅拌机，这些都是从南边一家农场租来的。劳拉说她妈妈不喜欢下厨房。

我跟劳拉说起那辆走廊上的“自行车”时，她赞叹道：“真是不错!”她说她愿意用任何东西去换一辆可以一边读书一边骑的自行车，“你真幸运!”她又补充道，“我妈妈肯定不会给我弄一辆那样的自行车。”

劳拉给我的感觉就像是圣诞节突然在6月来临——让我感觉充满冒险和刺激，跃跃欲试，感觉一切皆有可能。

晚饭的时候，我跟爷爷奶奶说今天见到了一个小孩儿，她是来我们镇过暑假的，她妈妈工作的时候她就来图书馆。“我觉得她读过很多书，说的话都跟别的孩子不一样。”我最后总结道。

他们听到“她”，都顿了一顿，连咀嚼的动作都暂停了。

“这很棒，祖米！”嘉姆说。

“她叫什么名字？”嘉珀斯的大嗓门紧接着响起来。

“劳拉·沙因。”我回答道，“发音很像太阳（太阳的英文单词是sun。——译者注），但是拼写起来一点儿都不一样。对了，‘asset’是什么意思？‘capable’又是什么意思呢？”

“嗯，很可爱的名字。”嘉姆平静地说，我知道他们正在努力压抑心头的喜悦，“我觉得，asset是指一种好的事物，有价值的。至于capable，应该是指一个人很有能力，能做很多事情。”

“哦，这就对了。”我说，“请把土豆泥递给我，谢谢。”我也不想表现得太兴奋，否则，就像嘉珀斯经常跟我说的——把一个还没成熟的南瓜摘下来雕刻。万一劳拉不是我想象中的样子，而是一个坏孩子呢？我不就白高兴一场了？不过我还是忍不住笑了，因为对于劳拉的人品我不是很担心。

“她是城里的孩子，所以我想她应该没有见过咱们家那样的商店。”我又接着说，“我能带她来咱们店里吗？”

“当然可以！”嘉珀斯说，我从他的声音里听出他很高兴。“那个……”他犹豫地咳嗽了一下，“哇哦，来店里干什么？”

“吃你的菠菜，管好你自己的事情吧！”嘉姆笑着说。

我咧嘴笑了笑，嘉姆是一个很聪明的老太太。“小辣椒”说得对极了，作为一名 U. P. C. 成员真的很幸运，我的爷爷奶奶是这世界上最好的，没有爸爸妈妈算什么！我一直这么认为，不过从前我不认识“asset”（优势）这个词，现在认识了，我就可以把这点也算作我的“asset”（优势）吧！

吃完饭洗盘子的时候我大声念了一遍这个单词，嘉姆假装没有听见。

一个简单的世界

A Simpler World

第四个游戏参与者转了一圈儿，一家旅馆都没找到，于是在加油的时候问了一下加油站的工作人员，后者告诉他，甘德太太做旅馆生意。他开车横穿过榆树街的铁轨，然后停在甘德太太的旅馆前，这是这条街上唯一一辆汽车。

旅馆的门开着，甘德太太穿着一身旧式的衣服，戴着一串水晶项链，跟这旅馆的格调很搭。这旅馆的味道跟印第安纳州祖母家的房子很像——擦得闪闪发亮的家具，散发着芳香的香皂，还有刚出炉的诱人的小松饼。“如有需要，请按铃。”房间里贴着一条温馨的小提示。

他的房间在楼上，没有空调，但有一张经典的雪橇床，一张天鹅绒沙发，一张老桌子，还有，很多很多书。他将房间环视了一圈，发现最棒的是那个装着落地窗的阳台。阳台上有一张桌子，两把椅子，正好能看到外面的大松树和街景，可谓风景独好。

夜幕初临，他走出旅馆，在小镇里溜达了一圈，了解一下情况。这小镇有一个公园，公园里有一座瞭望台和一门大炮，还有一个冰激凌店、一家五金店、一家药店、一家售卖枪支的商店，哦，还有它——张伯伦古董店！报纸上说那个嫌疑犯的名字叫巴克艾·张伯伦，这么说，他找对地方了！

他试着推了推门，发现门锁着呢，于是只好绕到窗户前向里张望——只见那里面一堆乱七八糟的东西，什么老式的摇篮啦，梳妆台啦，总之，没有一件可以称得上是真正古董的东西！

他在附近一张椅子上坐下来，抬头仰望天空。昏黄的月亮刚爬上天空，散发着柔柔的光辉，在松软的云层中若隐若现，天空呈现出深深的紫色，那紫色是那么纯粹和透彻，像要把人吸进去……他突然觉得自己仿佛回到旧日时光。这难道不是他小时候曾在书中看到的景象吗？他闭上眼睛，静静地听着远处火车的汽笛声和夏天啾啾的虫鸣。那样多的绿色，那样深远而寥廓的天空。

他虽然去过祖母家，但是还不太记事，只隐约记得她住的地方也是一个被田野环绕的宁静小镇。成长在底特律这样的大城市，像今晚所处的这个世界他只在小时候见过。火车呼啸而过，它灯火通明的窗户一闪而过，小镇重归寂静。这一刻，坐在凳子上的男人没有想那个被偷的盒子还有他的卡车。

回旅馆的路上，他碰到了两个正在散步的老人，他们冲他点头微笑。“晚上好！”老人跟他友好地打招呼。

“嗯，真是一个不错的晚上！”他听到自己回应道。

甘德太太家旅馆的门仍旧半掩着没有锁，甘德老太太穿着一身粉红色的睡衣和拖鞋正在看电视。他问甘德太太怎么还没锁门，老太太说一直以来她都很少锁门。晚上刷完牙，他忽然感觉有些难过——自己为什么没有住在这样一个简单的地方呢？在这里，人们坦诚相待，相互信任，多么单纯美好的地方啊！用毛巾擦干脸，意识到自己的动摇，他告诉自己不要那么多愁善感。他已经找到了那个小混蛋的家，那珍宝应该很快就失而复得了。

他觉得这件事不难，就像从小婴儿手里抢走棒棒糖那样轻而易举。

9 个单词

Nine Words

那天晚上我继续仔细翻看那个旧记事本，艰难地辨认着本子上的字迹，不时在想，这本子的主人是否也像我一样，一生中有那么一天，感觉像是上帝赐予了一份礼物，深暗的虚无中突然出现一抹清晰的亮光，让我的人生不再只有无边无际的黑暗。

从本子上潦草杂乱的字迹我推断写这些的主人好像充满了困惑：有的时候一条记录会出现好多遍；有的时候是连不成句的几个单词，中间偶尔还夹杂个逗号或者句号。几乎每一页都画着一个大大的叉，但是那叉虚虚的，好似画这叉的人心中并不确定，有些犹豫不决。我想起爱尔奶奶整洁流畅的杂货清单，字迹清晰有力，工工整整就像我拼写本上一笔一画写出来的那样，即便是我随手写在记事本上的字也比这本上的字清晰整洁多了。

本子封面上那个单词，Galapagos，第二个 a 上并没有那个表示声调的小标记，我又查了 Otaheite 这个词的意思，原来是一个岛的名字，现在我们叫这岛“塔希提岛”，而利马（Lima）则是指秘鲁的一个城市，看来记这些事情的人是在旅行。我接着昨天看的内容继续往下看，总算发现了几个能看清的较短的单词：all（所有），before（在……之前），which（哪个），is（是）。然后我看到了下面这条记录：周三——大海，贝壳，温度计，后面紧接着一串数字。再往下看，我又辨认出“盐矿”两个字，然后是“地震”。再下一页，我看到了9个让我震惊不已的单词，我来来回回看了三四遍，确认自己没有看错，同时给自己时间消化这则信息：

The Beagle called in on the 23rd of April.（4月23日，贝格尔号传来集合的命令。）

不能说的秘密

No Telling

贝格尔号。

除了查尔斯·达尔文乘坐的那条船，世界上还有哪条船会叫这个名字呢？这回，这几个单词被两条平行的斜线工工整整地划掉了。

这时，我有太多问题亟待弄清楚：达尔文是哪年启航的，他当时在那船上是做什么的，他要去哪里，还有，那个时代还没有电话，他怎么知道贝格尔号要他集合这个消息？

如果我手里拿的本子是和达尔文同时期旅行的某个人留下的，而这个人说不准就在离达尔文不远的小船上补充淡水和给养，那么，那么！这个本子就太有价值了！说不准这个人还见过查尔斯·达尔文呢！说不准达尔文还跟他有过不寻常的交谈，因此这个本子才被保留下来。我的手微微颤抖着，心怦怦狂跳着，就像刚刚骑完一个小时的自行车，以最快的频率跳动着。我盼望着明天快点到来，我迫不及待地想见到劳拉，把我的发现告诉她。

然后我做了一件幼稚又笨拙的事情——我觉得这本子太珍贵了，这样随随便便放在外面太不像话了。所以，我找来一件T恤，把本子包裹好放到“危险的盒子”里。这个盒子不是原来那个，而是一个水果箱，专门用来放我的那些鞭炮壳、烟雾弹的包装皮还有每年7月4号以后从小镇公园里或者其他地方捡来的霰弹猎枪的弹壳。因为爷爷奶奶对我的这些收藏并不十分热心，所以我把它们放在床底下，并不是想藏起它们来，只是想让它们脱离爷爷奶奶的视线。把这本子放妥以后，我拿出我的记事本，因为我习惯于以“不”作为每天的结束语，所以我写下这样一句话：

明天，我将会发现什么!!!! 不能告诉任何人!

我躺在床上，想象着明天和劳拉一块儿在电脑上查找信息，劳拉身上还有可可粉的味道。

“不能告诉任何人”几个字在我脑海里不停浮现，就像是冲刷沙滩的海浪，不停地冲过来，退回去，又冲过来，又退回去……

不能告诉，不能告诉，不能告诉。

《“瓦斯”公报》：第8期

The Gas Gazette：Issue Eight

一份关于神秘灵魂的免费报纸

❖如果你不知道晕船是什么滋味，那么我来告诉你：那简直就是噩梦！我一上船就开始晕船，所以只能躺在那间小小的船舱里不停呕吐和呻吟。除了忧郁和沮丧，再没有其他情绪了，我只能吃一些很干的饼干和葡萄干。

❖我们向南航行，天气越来越好，船颠簸得也没那么厉害了，我终于感觉好受了些。我们在佛得角群岛（大西洋岛国。——译者注）稍作停靠，这个群岛离非洲大陆大概300英里。能下船徒步旅行并收集一些标本，这让我欣喜若狂，岛上的一切都是新鲜且令人兴奋的，他们劝我带上枪，尽管当地的土著并没有袭击过我们。

❖当第一次看到那些热带植物和动物的时候，我被巨大的喜悦淹没了！我疯狂地记录着看到的一切并收集着标本。

❖再回到船上，我们向赤道进发。噢！我又开始晕船！我感觉难受极了，一直处于呕吐的状态，我觉得自己仿佛置身于热乎乎的已经融化的黄油里。船舱里又闷又热，哪里都黏乎乎的，我惨兮兮地盯着那些被我收集来做标本的生物尸体。我住的小船舱一直摇晃着……

❖在一个陌生地方，无助感让我开始疯狂地想家，好像身体虚弱的时候，心理也变得异常脆弱。

我是谁？

你有过不得不离开家的经历吗？

敬请期待下一期！免费的！

心知所见

Seeing

第二天醒来的时候，我意识到昨天晚上没想到的一些事情，不过，“不能告诉任何人”的决定总归是正确的，起码在还没有告诉爷爷奶奶之前，我不能告诉劳拉。如果我告诉她，她又说给她妈妈听，然后她妈妈再告诉别人，最后，传到巴克艾的耳朵里，就糟了。

我心里很清楚：这本子是巴克艾偷来的，至少，这本子是从他偷的卡车上拿下来的。如果我跟爷爷奶奶说了，而他们因为觉得这本子很珍贵要交给警察，巴克艾会不会觉得是我告发了他？如果被抓了，他会惹上更多麻烦；如果他没被抓住，他会伤害我或者爷爷奶奶吗？他会不会变得更可怕、更歇斯底里？

思来想去，我觉得还是不说了。这就像多米诺骨牌，我推倒一张，就会引起一连串的反应。我决定了，贝格尔号，就让它先成为秘密吧，起码最近一段时期不能说。

穿好衣服，我先在床底下摸索了一番，盒子好好地还在那里，我呼了一口气，放心了。在我匆忙下楼吃饭的过程中，我又兴奋起来，希望能快点儿和劳拉一起在电脑上查那些我想知道的信息。又没人规定我们不能查达尔文的生平是不是？这无疑是一个很好的暑假项目，可以据此写一份很棒的调查报告。

其实，有什么事情我不喜欢藏着掖着，但是这件事情涉及巴克艾，我夹在他和爷爷奶奶之间左右为难，所以只好先把我的发现瞒下来了。除此之外我别无选择，只能先偷偷摸摸地调查，尽可能多地了解和掌握一些信息，看看事情的进展，再考虑我能说什么，总不能一点准备都没有。

对于我这样视力不好的人来说，心眼总比别人雪亮许多，这点我还是很肯定的。

一只虫子的生命

A Bug’s Life

吃完早饭又干完一些杂活儿后，我便急着准备去图书馆，可爷爷却让我去店里帮忙。本来我想跟爷爷说能不能晚点儿去，可一想到劳拉坐在我常坐的座位旁边，想着我去哪儿了，我就一阵窃喜——“智多星男孩”遇见“小辣椒”，“小辣椒”想念“智多星男孩”。不仅如此，在带劳拉去我们店里之前，我还可以趁此机会把那些马蹄铁上的灰尘清扫一下。

“今天要早点去。”爷爷的大嗓门又响起来，“住在松树街的李斯特太太，今天要把她家那两床手工缝制的被子拿来卖。”

嘉姆小声说道：“真的吗？那真糟糕！家里传下来的被子就应该放在家里。”

“日子不好过，爱尔，我的老姑娘！很多人需要钱，而且那些被子现在很受芝加哥的城里人喜欢，简直是香饽饽！”嘉珀斯边说边戴上他那顶棒球帽，他管它叫“老伯爵”。

“我也好了。”我说。

“今天我会烘培一些点心。”嘉姆说，“绿门乳品店说他们需要更多的胡萝卜蛋糕，人们喜欢吃我做的点心，我们那个‘纽扣罐子’也会有更多进项。”

我们把存钱罐叫“纽扣罐子”，我猜原因可能是，原先人们为了省钱，扣子总是被循环使用，我们家至今还在沿袭这一传统。

“给我留一碗冰饮料！”我一边穿运动鞋一边嚷道。

“好的！”奶奶说，我听到她笑了。

“把门锁上！”嘉珀斯下台阶的时候大声说。

“好的，知道了！”奶奶的声音从窗户里飘出来，语气听上去好像爷爷说了什么傻话。不过，我们还是听到了门闩落锁的声音。

我和爷爷安安静静地走着，谁也没有说话，只听见夏虫啾啾的鸣叫和风吹树叶的沙沙声，所有的声响一起谱写了这个夏季独有的交响曲。走着走着，爷爷弯下腰捡起一个黑乎乎的东西。

“快看看，咱们捡到什么了？”他打雷似的声音响起，“噢，原来是一只普通的虫子，你想要吗？”

我点了点头。我家厨房的窗台上有一个玻璃罐子，里面放着好多风干了的虫子。到了冬天，有的时候我会把它们都拿出来，在皑皑白雪上一字排开，像士兵一样。离近了仔细看，这些士兵还带有夏天的色彩：紫色、绿色、黄色、红色、橘色……我把眼镜摘下来，把刚刚爷爷捡起来的虫子举到眼前，反复细看，这只虫子的脚上长着勾刺，背上是宽宽的花纹。

“虫子的生活肯定很快乐，无忧无虑，什么烦恼也没有。”我忽然感慨道。

“噢？”嘉珀斯等着我继续说。

“虫子只需要吃饱喝足后这儿走走那儿逛逛，时不时叫两声，唯一需要做的就是藏好，别让人或动物抓去。”我羡慕地说。

“不过我可不觉得我愿意像虫子这样生活，”爷爷笑呵呵地大声说，“我还是愿意过现在的日子，每天早上起床，到楼下吃几块蓝莓松饼，或者下午来一杯冰饮料。我可不认为这小家伙能在晚上烧烤时享用到热狗！”

我笑了，把这只甲虫放进衣服口袋。既然爷爷这么说，我也觉得幸好自己不是一只虫子，否则巴克艾早就把我捏死了。

“你说得对！”我对爷爷说。

“当然了，对得不能再对了！”嘉珀斯有些得意地点点头。

生计

Old Counts

李斯特夫人一直没来，我能感觉到爷爷有一些失望。“那些旧被子放在前面的橱窗里会很好卖。”他嘟嘟囔囔地，然后又提高声音，“快来，帮我把这些盘子标上价格，这是我从北边的赫尔利家淘来的旧货！”

因为视力的原因，我的世界只限于三棵橡树小镇和围绕着她的农田和树林，对于她周边的村庄我知之甚少。爷爷在向我描述它们时，总是尽量使用人们居住的房屋、木棚和谷仓等建筑物。他从来不说路的名字。有的时候他跟我说的房屋名称并不是现在住在那里的人的名字。比如，小镇上的人们把我们住的房子叫“特纳他们那儿”，特纳是奶奶的姓，尽管奶奶的父母很早以前就已经去世，而她和阿什·贝克·张伯伦也已在这家里住了很多年，可人们仍然按照奶奶的父亲的名字来叫这房子。

“我希望等我像你这么大岁数的时候，仍然住在咱们家。”我突然说。

嘉珀斯咧着嘴笑了：“这个想法不错！到那个时候，你可以把我和你奶奶放到那个角落里，像一对木乃伊，谁要想看的话，你就向他们收费！”

我听他说的不像话，就伸手挠他痒痒，爷爷当然不甘示弱，我们玩闹了一会儿后开始工作。他说我写，比如：削好的木楔，1838 年，4 美元。

我喜欢这个店，在这里我觉得整个家族就在我身边，历史在这里停驻，那些逝去的人们仿佛从不曾走远。

我又想到装在盒子里那个笔记本，我几乎忍不住要告诉嘉珀斯了。我们经常拿店里的一些东西编故事消遣，比如，一面镜框上有玫瑰图案的镜子，我们会说，这镜子原来的主人一定是个十指纤纤的红粉佳人；如果是一双名贵的靴子，我们会说，这鞋的主人去教堂的时候才会穿上它。如果我跟嘉珀斯说了笔记本的事情，我们肯定会编出特别精彩的故事：这本的主人正在捡拾贝壳，结果遇到了地震。正在这时，贝格尔号出现了，达尔文在甲板上冲他喊道："你没事吧?"然后一个大浪兜头打来……不知什么原因，一想到灾难我就想到巴克艾，我的遐想也被这个名字击得粉碎。

"嗨!"我从遐想中回过神来，就听见嘉珀斯正在喊我，"你刚才想什么呢，喊你那么半天都没反应，给我那个蓝白色的碟子!"

"啊，对不起。"我不好意思地咧嘴笑了笑。

我和爷爷开始专心致志地给东西分类，店里很安静。店门大开着，不过我们不用留意店里的动静，因为有人进来的话我们就会听到的。店里的地板是木头的，走在上面会发出咯吱咯吱的声音，就连有些耳背的嘉珀斯都能听见。他还打趣道，这地板比任何现代警报系统都灵。他在成堆成堆的杂货中收拾出一条小路，要不我几乎寸步难行。在店的后面，有一张破烂的红沙发，这里是我的地盘，我坐在这里读书或者近距离观察一些东西。我有一个记事本也放在这里，本子上记录着爷爷挨家收来的那些旧物品以及卖出去的东西的清单（爷爷卖东西时我正好在的话）。

我们也不知道我们到底有多少财物，店里的书柜、盒子、箱子、橱柜实在太多了。有一回我在一个旧糖碗里找到了一只死老鼠，肚皮向上翻着。这些东西里有好多我喜欢的，比如有一只鳄鱼玩具，两只眼睛黑黑的，还有一把用骨头做成的巨剑，剑柄是木头做的，还有一堆来自尼加拉瓜瀑布或者新奥尔良等地的旧明信片，连原来葬礼上戴的挽纱也有。这里的东西有的使人喜悦，有的让人看了会觉得悲伤。

我把那个装着马蹄铁的盒子拿出来，里面装着各式各样的马蹄铁，比如强健的挽马的马蹄铁，大小跟我的脑袋差不多，这种马的四蹄长着长长的毛，体型巨大，帮人们做一些重活。我从里面挑出一个比较漂亮的打算送给劳拉。这个马蹄铁的边缘因常年使用变得很圆滑，大小也正合适。我撩起T恤把它仔细擦了擦，然后放在沙发上。

做好这件事，我又回去帮爷爷。爷爷叹了口气说："我跟你说啊，祖米，昨天晚上我都没怎么睡着。这些年咱们的日子还过得去，但是现在情况有些不一样了，我不知道还能不能应付得来，税也涨了，物价也一直在上涨。"

"到底出什么事了？"

爷爷把帽子摘下来，一双粗糙的大手使劲摸了摸头，然后又把帽子戴上："咱们维持生计的老营生，这几年生意越来越不好，芝加哥人不像原来那样花起钱来大手大脚了，有一些老主顾再也没来过镇里。这些日子人们的生活都比较艰难，国家的经济也在萎缩。我们应该庆幸还有自己的店和房子，最起码，咱们不会饿肚子，还有一个睡觉的地方。"

"呀！"我吃惊地低呼了一声。

"我说这些并不是想让你担心或者害怕。"爷爷说。

我听到胡须摩擦衣领的声音，于是我知道爷爷正转头望着我："我说这些只是想让你有所准备，以后的日子可能会很艰难，但我们会挺过去的。"

"吱扭……咚！咚！"这是个陌生人，因为我听到爷爷站起身并掸了掸膝盖上的土。"早上好！"从爷爷这句问候的语调和语气，我判断来的是个男人。

那个男人没有应声，但我听到他走得很慢，咯……吱……咯……吱……这表示他正在找什么东西。

"你是张伯伦先生吗？"来访者问道，声音听起来瓮声瓮气的，好像嘴里塞满了棉花糖。

当嘉珀斯跟着那个男人在店里转时，我正忙着找我那本老百科全书，啊！找到了，原来在沙发底下！它不是最新版的，但是用来查一些动物或植物足够用了。

我需要更多关于查尔斯·达尔文的信息，在告诉劳拉这个调查研究的想法之前，我自己得做到心里有数。因为说不准她知道很多关于达尔文的信息呢！大百科全书这样写道：

> 查尔斯·罗伯特·达尔文，1809年出生，1882年去世……曾乘"贝格尔号"航行近五年……1859年出版其具有革命性的著作《物种的起源》，他的理论"所有物种源自共同的祖先，经过长时间的进化和物竞天择才有了今天的各种生物"已成为当今生物界的理论基础。

不过，里面的"物种""共同的祖先"还有"物竞天择"都是什么意思？我正想着，忽然感觉到那个男人正在朝我这边走来。我现在不太想说话，于是把眼镜摘下来，然后把脸凑到书页上，鼻子离书不到两英寸。每当我这样做时，别人就不好意思打扰我了。果然，那个男人从我身边经过，没有和我说话。然后，我听到他停住了脚步。

“这个盒子卖吗?”他问。

“噢，不，不卖，这个是我们自己的收藏，是非卖品。”爷爷回道。

我的头继续来回摇动着，但我的耳朵却关注着那边的情况，根本没读进去。

“我能打开看看吗?”

“当然可以，但是，呃，我们不卖……”

接着，我听到那个男人从盒子中取出毯子时纤维摩擦发出的沙沙声，然后，我听到他轻轻抖了抖毯子。

“这个卖吗?”

“也不卖。”嘉珀斯说道，“不过我这里有一些刚进的英国盘子，您要看看吗?”

我听到那个男人往店外走去，临出门前他只说了一句“谢谢”，声音有些刺耳，也不如原来那样友好。我合上大百科全书。

嘉珀斯说：“你说我们是不是要报警?”

不能报警

No Police

几个想法在我脑中瞬间闪过：我相信巴克艾说的，这就是问题所在。我相信他能做出伤害我和爷爷奶奶的事情来，他能做出来。我至今还对他搭在我肩膀上那只粗暴和充满恶意的手记忆犹新。

“不能报警。”我说，“如果报了警，我们就必须说出这盒子是从哪儿来的。不管怎么说，他都是我爸爸。”我觉得自己很卑鄙，明明不是这样想的。但爷爷很显然相信了我的话，他咕哝着说：“你是个善良的孩子，但是那个人肯定认出了这个盒子，我感到很不安，能肯定的是，他正在寻找什么东西。”

“你是说？”

“嗯，不错，那个笔记本。”

“噢。”我回应道。

“那个本里到底有什么？”爷爷的声音听起来很焦虑，这焦虑也传染了我。

“我觉得应该是旅行日记一类的。一个名字也没有，但是我看见了一个日期，很久远的日期。今天我想到图书馆查一下，看能不能查到一些有用的线索和信息。”

潜意识里我没有提到“贝格尔号”，或许我是怕那么一说的话，会让那本子听起来更贵重。忽然，一个念头在我脑中像闪电一样一闪而过：如果我足够谨慎小心，说不定我能力挽狂澜，帮嘉珀斯渡过难关！如果那个本子的主人和查尔斯·达尔文认识的话，会不会值很多钱呢？这个想法让我有些眩晕。但是，爷爷奶奶肯定不会同意将偷来的东西卖掉的。但如果它不是偷来的呢？没准儿是巴克艾在什么地方捡来的呢？又或者如果我们现在报了警，警察把本子拿走却不逮捕巴克艾呢？如果巴克艾发现我告发、背叛了他呢？这么多可能性让我感到恐惧和窒息。

“先不报警吧。”我对爷爷说，“能在我这里再放一个下午吗？”

我听到爷爷挠了挠头，然后说道：“就今天一天，我觉得这个烫手山芋还是赶紧处理了好。”

“如果它真不是偷来的，而是巴克艾的东西呢？就像巴克艾跟您说的，他把他的东西放在您这里？”我仍旧不甘心地说。

爷爷没再回答我，“扛啷扛啷”地朝前门走去。

陷入困境

Trapped

锁上店里的门后，爷爷拍了拍我的后背，说："你是个有勇气、有活力又有想法的孩子，但是什么事都是过犹不及的，因此你要把握好度。"

"我还是需要去趟图书馆。"我说，"吃完午饭你能陪我去吗？"

回家的路上我们都沉默着，陷入各自的烦恼中。这个时候，我是那么讨厌隐瞒什么事、那么讨厌秘密！同时我认识到一个事实：秘密，只有当你想保守它们的时候，才能让你感到愉快；如果你是被迫保密的话，那么秘密将会让你感到痛苦，让你无处可逃，深陷其中。

我的胃又开始作怪，但是我却出奇得冷静。我竟然没有像往常那样神经质地不停敲下巴。我心中的那个秘密，不能告知这个世界上的任何一个人！我所要做的，就是利用一个下午的时间查清楚我们手中已经掌握的信息。做完这一切，我就要把笔记本给爷爷奶奶了，而他们则有可能把它交给警察，至于后面，谁知道会发生什么事呢？反正跟我们就没有关系了，我们只需要锁上门，什么都不要去理会就行了。

去图书馆，脑海中浮现出这几个字，然后我又在脑海中把这几个字用×划掉。这让我想起笔记本上那些犹豫不决的×号们，并感到一阵兴奋。如果我帮家里摆脱困境会怎么样？

他们一定会在这一切结束之后为我感到骄傲的！一个下午，然后，一切搞定。这个想法让我觉得为这事所受的那么多煎熬都值了！

好像知道我内心激烈的斗争，嘉珀斯突然将一只手放在我的肩膀上，说："你是个聪明的孩子。"然后做了一个奇怪的举动：把他的棒球帽摘下来，戴在我的头上。对我来说，这个帽子太大了，帽檐顺着滑下来，落在我的眼镜框上。"谢谢。"我对嘉珀斯说。

我脑海里描绘着我戴着爷爷的帽子走路的情形：先迈出一只脚，另一只脚跟上，然后是我的身体随脚而动，最后是我戴着大棒球帽的脑袋，被帽子的阴影笼罩着。

《“瓦斯”公报》：第9期

The Gas Gazette：Issue Nine

一份关于神秘灵魂的免费报纸

❖我永远也不会忘记在巴西的首次靠岸，我觉得好像到了天堂。

❖这里的一切都是那样郁郁葱葱、生机勃勃，让我赞叹不已！那么多种声音——昆虫的、飞鸟的，还有不知道是什么发出的声音——交汇成一曲交响乐，将我的心填得满满的，喜悦难以言表。

❖我收集的花足以让一个植物学家疯狂！有一天我竟然捉到了68种甲虫！还有蜘蛛，我捉到的种类在别的地方都不曾见过！我连做梦都没想过会在这里见到这么壮观的生物圈！我被巨大的喜悦淹没了，我收集了无数的标本，准备回国以后好好研究。

❖有的时候，我感觉自己好像置身于一个大舞台，周围是各种优美的歌声，它们交织在一起，和谐而动听，然后，忽的一下，所有声音都消失了，只剩一片寂静。这是多么奇妙的体验！我的一生中，可曾这样高兴过？

我是谁？

敬请期待下一期！免费的！

只是感兴趣

Just Am

那个下午，劳拉发了很大一通火。事情是这样的：我来到图书馆刚刚坐下，劳拉连招呼都没有打，就一巴掌狠狠拍在桌子上，我吓得跳了起来。

“我妈妈真是不可理喻!”她嚷嚷着，“不可理喻，不可理喻，不可理喻!”

“发生什么事了?”我摘下棒球帽，不明白怎么回事儿，然后突然意识到，自己或许是她心中下一个不可理喻的人!

“她想让我去夏令营营地，但我不喜欢那里的小孩儿!他们都四肢发达，喜欢运动，动不动就跳到河里一通折腾!他们相互都认识，我却根本不认识他们。噢，更何况，我很忙哎，我在图书馆里有好多事情要做啊。”劳拉坐在椅子上，生气地说着，椅子在她剧烈的晃动下在地板上滑出一段距离，滑动的过程中发出尖锐的“吱吱”声，非常刺耳。

她一口气发泄完，我们谁也没有说话，沉默了一会儿，我们突然异口同声笑了起来。

“如果你要做一个大项目，她会不会让你来这里呢?”我尝试着问。

“应该会吧!”她回答道。

我深深吸了一口气，接着说：“比如对查尔斯·达尔文以及一艘叫做‘贝格尔号’的船做一次深入彻底的调查。”

“我明白了!”劳拉尖声打断我,“我上次见你正在电脑上搜索加拉帕戈斯群岛(英文单词为 Galapagos),谁都知道,这是达尔文去过的地方!”

谁都知道吗?我心里默默嘀咕着。

“我们可以把这个作为主题写一篇调查报告,你会成为这方面的专家。”我接着说服她,“你可以做笔记啊,然后你妈妈会知道你正在做的事情是有价值的。”说完后,连我自己都佩服自己忽悠的本事。

“你太聪明了,祖米!”从劳拉兴奋的语气里我听出她在笑,“不过,你怎么突然对查尔斯·达尔文感起兴趣来了呢?”

我耸了耸肩膀,尽量装作若无其事地说:“只是感兴趣了而已。”

“管你叫‘智多星男孩’真没错儿。”

她这么一说,我既高兴又尴尬,于是说:“不要这么叫我,说不定我不仅不聪明,反而还笨得很呢!”她一点都不知道,她认为聪明的这个男孩到底有多笨:在一件有可能是偷来的东西上要把戏!不!我提醒自己,这不是把戏,不是游戏,这关系到我的家和我家的店。而我,只有一个下午。

哇！

Whoa

两个小时后，劳拉把图书馆里所有关于查尔斯·达尔文的书都拿来了。我们翻看着，不时会遇到一些看不懂的地方，我就到电脑上去搜。从这些书中我了解到很多重要的信息。比如，达尔文曾经在 1835 年到过加拉帕戈斯群岛，关于“贝格尔号”，达尔文曾于 1831 年 12 月 27 日到 1836 年 10 月 2 日乘坐该船做环球航行。我迫不及待想要告诉她那个旧笔记本的事情，她一定会很高兴的！或许很快我就能告诉她了。

从书中我了解到，达尔文踏上那段航程是为了研究生物、探索自然界的奥秘。他在航行的过程中搜集各种岩石、化石和动植物标本。他在当时的条件下尽最大的努力将它们尽可能完好地保存下来，然后装箱运回英国。随着航程的行进，越来越多的疑惑开始出现在他脑海里，其中最大的疑惑是：这么多的物种究竟来自哪里？为什么这些物种会有那么大的差异性？为什么有些物种会那么相似？“物种”这个词我后来查了一下——一群可以交配并繁衍后代的个体。在那个时代，人们对自然界和生物界还知道得很少，有很多奥秘还需要去探索。

劳拉就坐在我旁边，用拇指翻动着书页，快速翻看着。

“你在学校学过进化论吗？”我问道。

“还没呢，只是看过一个相关的电影。”劳拉说，想了想，又接着说道，“我估计会在八年级学到。”

“那什么……是进化论？我在学校还没学到这些内容。”

我怕劳拉会笑话我，但她没有。她想了一会儿，好似在努力整理她知道的信息：“确切地说，进化论又叫进化学说，很多人对这个理论都不太了解。我们老师当时为了解释清楚它可是费了不少劲儿呢！他说进化论是一种理论而不是一种猜想。对于科学家来说，一种理论的确立背后是有大量的证据支持的，是经过各种检验的，只有确认无误的才能叫做理论。如果不是，专家们是不会使用理论这个词的。关于进化论，我知道的信息是这样的：进化论就像一个巨大的树状拼图，这个树是生命之树。达尔文画出了它的大致轮廓，后来各个学科的科学家们在这棵树上不断进行补充。我对进化论的理解是，很早以前植物界和动物界的所有生物都是相关的，至于证据，到处都是——化石里、显微镜下，以及我们周围。总之就是说，我们起源于同一种生命形式，经过数十亿年的进化，有了今天多样的生物世界。”

“数十亿年吗？”我问道。

“嗯，是的。经过难以想象的长时间的缓慢演化，不同的生命形式开始慢慢形成。根据适者生存的理论，人类也是慢慢进化才一直发展到今天的。准确地说，达尔文把它叫做物竞天择。因为大自然发生的一切和物种的生存息息相关——气候的变迁、地震和火山的爆发、食物的供应还有疾病等等，都会影响一个物种的生死。那些能够适应这些变化的生物体，哦，生物体这个单词听起来是不是很酷很有范儿？哦，我继续说，能够适应这些变化的生物体就会存活下来并将它们的什么，噢，这个词我不知道什么意思，把什么繁衍下去。”

“生物特性？”我觉得我有的时候也不是那么没文化嘛。

“对对对，就是这个词！那些不能适应的物种就死亡了、灭绝了。物种的生存和灭亡，取决于大自然的变化和它们自身的运气，或许还有二者发生的概率吧。”

我点点头表示同意，心里在想，概率是指某种事物发生的可能性这个意思吗？“嗯，是的，生物特性，生存，我也是这样认为的。”我说，“我有一本科学大百科全书，有的时候会看一看。”

想到适者生存，我心里不禁打了个寒战：巴克艾比我、嘉姆还有嘉珀斯更适合在这个世界生存吗？

我把眼镜摘下来，顾不上这样是不是看上去很滑稽，因为摘掉眼镜我阅读起来会更快。现在，我和劳拉一样，快速翻看着手里的书，她还不时地在纸上写写画画，将重要的内容记下来。

我们不止一次不约而同地发出“哇！哇！”的赞叹声。我忘记了当时让劳拉帮我查找这些资料时耍的小小的诡计，因为我自己也被这些内容深深吸引住了。

“我从来不知道达尔文是个什么样的人。”劳拉边看边说，“他和很多事情抗争，他是一个满心忧虑、迷迷糊糊的男孩子，学习成绩不是很好……他和我妈妈一样，总是拼错字……他有的时候说话会结巴，和我一样啊……猜猜这书上还说什么了？他有列清单的习惯，和你一样啊！”

我觉得我的脑子“砰”地炸开来，就像爆米花炸开的声音一样。

“哇！”劳拉继续碎碎念叨着，“他这一生用完了很多这样的记事本，他总是把记事本放在身边，好像他无时无刻都需要它们。哦，这么看来的话，达尔文做事情的方式比较特别，呀！”

没等她说完，我一把夺过那本书，拿到鼻子跟前看起来，因为没戴眼镜，我必须把书举到眼前，鼻子贴着书页一行行看过去。我想这个时候我看起来肯定充满危险的气息，因为我感到劳拉向后退了退。我疯了似的看着书上的内容，劳拉在一旁安安静静地等着。

“哦，哦，哦！天哪！”我大叫了一声，唾沫星子飞到我和劳拉之间的空地上，我赶紧用胳膊肘将它们抹干净。

“啊，怎么了？”劳拉不解地问道。

“哦，没事儿！这是我的习惯，如果事情太多，发展太快，超出我的承受范围，我就会觉得混乱和心烦，这个时候我就会说‘哦，哦，哦！天哪！’”

“就像我发脾气的时候那样？”

“嗯，也不完全一样。”我揶揄地冲劳拉笑了笑，我看不清劳拉脸上的表情，但是能听到劳拉笑着说：“我知道哪里不一样！你发出的声响没我那么吵！”

“嗯，或许吧！”我说，“列清单能帮助我把要做的事情一一做好，它是一个工具。不过，我不知道的是，达尔文好像也需要清单的帮助，我没想到像他这样有名的人也有列清单的习惯！”我感慨完后继续看书，越来越多关于达尔文的信息进入我的视线，我觉得脑子里有无数烟花炸开：砰！啪！“快看这个！”我激动地说，“达尔文的记事本都是分好类的，一个本记录一个种类的事情。他乘坐‘贝格尔号’航行的时候，每当船靠岸，他离开‘贝格尔号’到新陆地探险的时候，都会带上‘野外工作记录本’，这说明他走到哪里都会在本子上记录下什么东西，所以他的笔迹有时候会很潦草。哦！天哪！他也有将记录的事情划掉的习惯。”砰！又一朵烟花在我脑海里炸开。

等我说完，劳拉说：“我敢打赌那个时代大部分人都有随身带记事本的习惯，因为这是他们记录什么事情的唯一方式，但是现在，很少会有人再那么做了。不过将来就难说了，说不准人们又喜欢上这种方式了呢！”

“嗯，或许吧！”我心不在焉地回了一句话，仍旧陷入沉思中：达尔文不仅和我一样，有点神经过敏，他还有列清单的习惯，他还有各种记事本，甚至，他也喜欢把记录下来的事情用“×”划掉。那么，有没有一丁点儿可能，我收藏在床底下的那个本子的主人就是达尔文呢！如果是的话，那一切就都说得通了！

“那太疯狂了！”劳拉突然说，我被吓了一大跳，难道她会读心术？

我朝她望去，发现她仍旧埋头读着手里的书，连头都没抬。但是她那句话将我从沉思中拉回现实，想到刚才自己的那些推测，我又开始紧张起来，用手不停地敲打下巴。我赶紧拿出我的记事本，在上面写下“深呼吸”几个字，然后深深吸了一口气，再像嘉珀斯一样大声呼出来。做完这些，我把那几个字划掉，感觉好多了。我，我真的疯了吗？

是的，回到现实吧，祖米！就像爷爷奶奶经常对我说的。劳拉那句话说得没错，那太疯狂了！是的，我想的那些太不可思议、太异想天开了！达尔文的记事本被包在一张旧毯子里，放在一个破破烂烂的盒子里出现在密歇根，这怎么可能？这样的事情太诡异了！我宁愿相信贝格尔号会从我家屋后的玉米田里起航也不会相信这件事情！

劳拉没有理我，继续念叨着：“天哪！他有十个孩子呢！

他非常爱他们，不过有几个孩子不幸夭折了——哦，真让人难过。他在书房工作的时候，孩子们有时也会进去玩耍。有的时候，孩子们会在一些非常昂贵的纸上涂涂画画，他从来不会对犯了错的孩子们发火，他很爱妻子，妻子是他最好的朋友。”

“请继续。”我说着，坐回自己的椅子里。我的脑子需要冷静一下，休息一会儿。

“哦，没问题！你听听这个：他喜欢待在家里，自从那次环球航行之后，他就再没有离开过英国。他经常在房子后面的一条沙土小路上散步，即使病重也仍然坚持工作。还有这个：他还无私地帮助其他正在研究生物学的研究者们，他回复了无数封信，为无数人解答疑惑。他心胸磊落，毫不偏执，从不伤害任何人。他拥有伟大的灵魂，是值得尊敬的人。”

“而且与众不同。”我补充道。

“真让人吃惊啊！”劳拉说，“我的意思是，像他这样一个温和又腼腆的人怎么会在这个世界上引起这样的轩然大波呢？书里面说，他的物种进化论使很多人烦恼、愤怒，甚至有些人开始讨厌起他这个人。而对于这一切，他早有预料，但他还是做了。可怎么看他都不像能做出这样事情的人啊，你说呢？”

“嗯，是的。”我点点头表示同意。

通常情况下，我对周围的声音都非常敏感。但是那个下午，我和劳拉太兴奋太激动了，我们沉浸在达尔文的世界里，丝毫没有注意到周围的动静。我们谁也没有注意到，有一个人在我和劳拉身边静悄悄地徘徊着。图书馆的地板跟我家店里的地板不一样，人走在上面不会发出嘎吱嘎吱的声音。

他并不说话。他只是在听，我们说的话，他都听去了。

沉默的见证者

A Silent Witness

“你觉得‘瓦斯’这个名字怎么样？我觉得没有比这个名字更棒的外号了！”我欢快地说。

“嗯！我非常同意！”劳拉说完，忽然把手中的书朝书桌上狠狠拍下去，我吓得赶紧闪躲，结果脑袋碰到电脑屏幕上了，我不禁低声叫了一声：“哇！”

“哦，对不起，对不起！我有一个很棒的想法！就是……接下来……咱们要做的！”劳拉站起来，兴奋地拍着手，“说不准这是这些年来小镇上发生的最神秘的事情，说不定会传播到全世界呢！”

“什么想法，你想到了什么？”我急忙问，顺便戴上眼镜，好保护我的脸。劳拉已经有些忘形了，激动地蹦着。

“咱们可以……”砰（劳拉蹦跳的时候落地的声音）！“把达尔文的事情整理一下做成一个系列，印刷在报纸上免费发。”乓（劳拉蹦跳的时候落地的声音）！“每一部分内容用一页纸写出来，就写大部分人们都不知道的那些达尔文的生平故事。我们在报纸上不要提到达尔文和进化论这样的字，”砰（劳拉蹦跳的时候落地的声音）！“他将以一个无名氏的身份出现在咱们的报纸里！但是，咱们可以引用他所有的理论和所有他说过的话！”

“哇哦！”我咧嘴笑了笑，说到引用，我几乎忍不住要把我床底下藏着的那个记事本的事情告诉劳拉了！保守这个秘密真让我难受。

劳拉停下来不再蹦蹦跳跳，但是仍然快速地说着她的计划，她凑过来，离我的脸只有三英寸远："达尔文对孩子们、对所有时代的所有人都是一个鼓励！你知道吗？他一生经历了很多艰难和挫折，但从来没有放弃过！"

我点点头表示同意："他让我们觉得，我们不一定要样样都做得好，只要我们能一直不放弃努力，不放弃尝试，就是好样的。"

"对，还有要永远保持一颗好奇的心。"劳拉补充道，"我们可以把这些公报放在任何地方，比如说图书馆……哦，我们可以把它们夹在书里，或者药店的报纸里，还有三明治店的地图里也可以！但我们把这份公报取个什么名字呢？"

"叫《"瓦斯"公报》，怎么样？"我问，我们当地的报纸叫《南郡公报》，所以我想到了这个名字，"我觉得'瓦斯'是个很好的名字。"

那天下午，我从劳拉那里得到了第一个拥抱。当时我的眼镜都从鼻梁上滑到下巴上了，但是我很高兴。那是一个充满热情甚至有些狂热的梦幻般的下午，无疑也是我生命中的一个拐点。当那个在我们身边徘徊的沉默的神秘人悄悄溜出图书馆后，我们仍然在叽叽喳喳地讨论着。

《“瓦斯”公报》：第 10 期

The Gas Gazette：Issue Ten

一份关于神秘灵魂的免费报纸

❖我带上记事本和枪，徒步穿越热带雨林。这里就像一座生物世界的宝藏，我每天都被生物界的奇迹震惊得目瞪口呆：会发光的昆虫和飞鸟，巨大的蚁冢，种类繁多的猴子……热带雨林的条件很艰苦，我通常只能吃腌牛肉和发霉的饼干。

❖这是一个神奇、美丽、全新的世界，但同时危险重重。在这里，保持干净清爽是不可能的，至于其他的困难，在这里就不一一详述了。

❖有一次，在里约热内卢附近海域，我划着一条小船向一个海湾驶去，想搜集一些标本。忽然一个大浪将小船卷起，我脑袋朝下被卷入水中，而我带的那些东西也和我一样。

❖你能想象我有多狼狈吗？我沮丧地咒骂着，但是这咒骂声也只能骂给自己听，因为只有我一个人。我所有的书、工具和枪支在海水中漂浮着，忽上忽下，我得尽力抢救这些东西。

❖一整天的时间都花在晾晒和修理这些东西上了。

❖每隔几周时间，我就会收到一些信件。和我同龄的朋友们陆陆续续都结了婚，而且都生活得很舒适。有的时候我会觉得很难过，我还没有妻子呢！陪伴我的只有那些巨大的骨化石和一罐罐的动植物标本。

❖我经常盯着搜集来的东西发呆，我心中满是好奇，很多时候其实连我自己都不知道这是些什么东西。

❖有的时候我觉得自己仿佛置身天堂，快乐得像要飞起来；而有的时候却心情沉重，感觉单调乏味；更常伴随着我的是孤独，孤独到疼痛。

我是谁？

敬请期待下一期！免费的！

愤怒

Rage

第四个游戏参与者心中无比郁闷。

他找对了地方，并且亲眼看到了那个盒子。那个偷了他汽车的没用的白痴竟然把那么珍贵的盒子当成垃圾一样扔在这里。现在的问题是，他这个名正言顺的“拥有者”，起码是“名正言顺”的小偷，到底怎样才能弄清楚里面放的是什么东西呢？

那个老家伙和那个跟瞎子没什么区别的小孩子看起来并不像发现了什么宝物的样子，他们好像对盒子并不感兴趣，只是想留着而已。

现在到底什么情况？

那个男孩子下午去了图书馆，他紧随其后，就是想看看能否有什么新的发现。可跟着他来到图书馆，他只是和他的朋友查什么关于达尔文的一些信息。书呆子！他小时候从不和那些书呆子一起玩儿。

他要再回那个杂货店，仔细检查一下那个旧毯子，说不准那毯子的衬里缝着什么东西呢，这样的事情不是没有可能。但是那个叫张伯伦的老头儿总是盯着他，老家伙已经注意到他，他得在那老头儿不在的时候动手。

那么，只有这一个办法了。

徘徊在屋子周围的“幽灵”

Circling

那天下午，在分开之前，我和劳拉约定不把《“瓦斯”公报》的事情告诉任何人，包括家里人。我们要给大家一个惊喜。

但是关于达尔文的信息是可以说的，毕竟劳拉还要以此说服她妈妈，让她妈妈打消送她去夏令营营地的念头。她要让妈妈知道，她正在做一件很有意义的事情，而这件事情只能在图书馆完成。一回到家我便迫不及待地冲向自己的卧室，跪在地上，把床底下那个“危险的盒子”拿出来。虽然晚饭前还有许多琐碎的工作（帮奶奶做一些琐碎的活儿），但我需要先确定一下那个记事本是否还在，另外，再确认一下记事本上关于贝格尔号的记载。

我翻开记事本，想象着它正在海上的一艘船上，舷窗里透出点点光亮，有个人正在上面写着什么……啊，对了，就是这儿：4月23号，贝格尔号集结完毕。我的手指在每个字上面滑过，一点一点，恐怕漏掉什么信息。如果我猜的没错的话，这个记事本将是十分珍贵的，而我需要证实我的猜测。那天出现在我家店里的陌生男人肯定知道一些我不知道的信息。好吧，我决定了，今天晚上一定要找到答案。“我能行的！”我自言自语道，暗暗给自己打气。如果“瓦斯”能够在神经高度紧张的情况下，从千头万绪中找到线索和答案，战胜重重困难，那么我也可以！

吃晚饭的时候，嘉姆问道："祖米，下午过得怎么样，有什么收获吗？"晚餐她做了烤热狗，还有焗豆，因为嘉珀斯说他想吃了。要是往常的话，这些东西早就被我们一扫而光了，但是今天却还原封不动地放着。爷爷没说话，一直沉默着，我则是将手里的热狗从盘子的一头滚到另一头，兴奋地没有食欲。

"非常棒！"我兴奋地说道，"我和劳拉在图书馆查了好多达尔文的信息，达尔文真是一个不可思议的人！"

我听到嘉珀斯快速抬头的声音，然后便是打雷般的声音传来："关于那个旧记事本，有什么消息吗？"

"还没有确切的信息。"我实事求是地说，"不过，问一个严肃的问题，你们曾经听到过咱们镇的人谈论进化论吗？"

我问完这话后是一阵沉默。后来，嘉姆慢慢地说："好像还真没有。"

"那你们上学的时候，学校都不教关于达尔文的知识吗？"我问道。

然后又是一阵沉默。"不教，现在回想起来，好像那个时候关于达尔文的话题是个忌讳，是粗鲁的。"她接着说。

"为什么呢？有什么粗鲁的呢？"我不明白地问。

"啊，这个有点复杂。"爷爷解释道，"尤其对于那些虔诚的宗教信徒来说，他们不能容忍达尔文和上帝扯上关系。我想，大概忽略他和他的理论能够让人们暂时相安无事。不过，人们多多少少对进化论都听说过一些，比如物竞天择、适者生存、植物和动物在漫长的时间里不断进化等等。不过大多数人知道的也就这些，我们都没有太深入地了解和学习过。一想到咱们从农业社会发展而来，我就会觉得别扭。现在咱们已经脱离农业社会很久了，而且还活得挺不错。咱们会一直这么生活下去，顺顺当当的。”他耸了耸肩接着补充了一句，“我是这样觉得的。”

我们都沉默了一会儿，然后，嘉姆清了清嗓子说：“其实，我在镇上牙医的办公室看到一份报纸，上面有一篇文章挺有意思，是关于将达尔文的理论引入学校课堂的。现在，是否将达尔文的观点引入学校在全美国已经引发了一场激烈的辩论。”

“什么样的辩论？”我问道。

“是这样的：科学家们和其他一些人支持将进化论引入学校的教学，而不是把它忽略和跳过。因为这一理论不仅是迄今为止人类发现的最重要的理论之一，而且关系到人类看待世界的角度和态度。我想，他们是存在这样一种担心，如果我们的下一代连进化论都不知道，还谈什么其他科学？这将是非常危险的。我们需要孩子们成长为睿智的科学家，去解决一连串的问题和难题，是吧？”嘉姆说完看了一眼嘉珀斯，但嘉珀斯明显有些心不在焉，不知道听进去多少。

“嗯，对啊。”我接过嘉姆的话说，“比如病理性近视，比如困扰世界的饥饿问题，还有如何拯救环境什么的。”

奶奶放下叉子，接着说道：“很对。那篇文章还说，美国有很大一部分人主张，既不能完全相信达尔文的科学理论，也不能只信仰《圣经》，这种情况在世界上可不多见。如果人们对待两者的态度非要壁垒分明、非此即彼，科学界和宗教界必然会陷入混战，而我们的孩子肯定要受到影响。要我说的话，为什么要将两者对立起来呢？难道就不能既学习进化论又信仰上帝吗？二者之间的关系就像盐和胡椒粉，能互为补充，这样不是很好吗？嘿！快吃热狗，别光顾着听！”

“哇！奶奶您说得太对了！您打的那个比方再贴切不过了！”我嘴里塞得满满的，仍然不忘发表我的意见。

“所以，你要是学到了关于达尔文更多的内容，可以教我们啊，祖米。”爱尔奶奶收拾桌子的时候轻轻说道，“我和爷爷会很喜欢听你说。”

“如果人们了解达尔文是个怎样的人，一定会喜欢他的。”我说。

“我想会的。”奶奶刮着盘子里的碎屑说道。

“还是先说一下那个旧记事本吧。”爷爷的声音轰然响起，然后我听到他又重重呼了一口气。那口气呼出来，差点把桌子上的镀银餐具都吹到地上去。“这是一件很严肃的事情，我们必须告诉警察那个盒子的事情，并且把盒子里所有的东西都交上去。我和你奶奶已经决定了。”

“但是如果那样做的话，可能会使巴克艾陷入麻烦，可能连他自己都不知道他拿了什么。”我连忙说。

“这我也考虑过了，但我们除了把盒子交出去没有别的法子，我们不能破坏法律，私自窝藏有嫌疑的物品。或许上次纳博警官来的时候我们就应该把盒子的事情告诉他。今天上午到咱们店里的那个男人，我敢肯定他不是来咱们镇上旅游参观的，他怀着某种目的，就这一点，我也必须这么做。”

“好吧。”我只好妥协，与此同时，我的脑子也飞速运转着，“今天晚上那个本子能放在我这儿吗，我还想看一看。”

嘉珀斯沉默了一会儿，然后耸耸肩膀：“当然可以，不过就是早几个小时晚几个小时的事儿。我明天一起床，第一件事就是给警察打电话，顺便把那个鬼鬼祟祟的家伙的事情也跟警察说一下。凭着我活了几十年的经验，一眼就能看出来谁怀着坏心思。”

然而，我们不知道的是，就在我们说这些话的时候，有一个人正鬼鬼祟祟地穿过我们房子周边的树丛和灌木丛，在我们房屋周围幽灵般徘徊，暗中监视着我们的一举一动：看着我在厨房的洗碗池边帮忙，看着爷爷奶奶窸窸窣窣地将厨房收拾好，看着一个小时后厨房的灯灭了，而我卧室的灯亮了。

然后，他悄悄潜入我家的院子。忽然“乓”的一声，他被什么东西绊到趔趄了一下，他低声咒骂了一句，原来是一节矮小的篱笆绊了他一脚。他恨恨地将那截篱笆拔出来，泄愤似的掰成两段。

告诉我，“我”是谁？

Tell Me

那天晚上回到卧室里，我迫不及待地打开那个“危险的盒子”。短短的一天时间里，我发现了太多让我深感惊奇的事情：达尔文有很多个记事本；探索大自然在那个时代是件了不得的大事；我手中的记事本记录的事情，发生的时间正好是达尔文乘“贝格尔号”做环球航行的时候。我还知道，进化论在新闻里炒得火热，或许，这会增加这个记事本的价值……

贝格尔号于4月23日，哦，后面这个“call in”是什么意思？下午在图书馆查找相关信息的时候，我装作头一次碰到这个词，问劳拉这个词是什么意思。结果劳拉也不知道。经过一番讨论，我们决定把这个词当作是船靠岸的意思。

我又打开写着这句话的那一页，从头到尾仔细浏览了一遍。哦，对了，我需要把这些做一下整理，这样我的思路会更加清晰。于是，我从床底下拿出标记着字母P的本子，P是Private（中文意思是个人的、私密的。——译者注）的第一个字母，这个本子是专门用来记录我的秘密的。我翻开新的一页，平静了一下，把能辨认出来的每一个字都誊写在这个本子上，我会让自己像海绵一样，尽可能多地吸收更多的信息。

我把那个旧本子翻到第一页，认真记下我能辨认出来的每一个字，这几页昨天晚上和前天晚上我已经研究过。我还尝试着记住每一页的样子，说不准哪页背后就隐藏着一个秘密呢！这个本子上的每一个单词都非常重要。这活儿进展得非常缓慢，如果这本子上的字迹能整洁清晰一些就好了！

不知不觉地，我就已经把前两天晚上看过的那些页看完了，于是接着往后看。这个单词是利马（秘鲁首都。——译者注），它下面两行能辨识出几个单词：狐狸……老鼠……，然后在这页的最后隐隐约约能看出“图表/海图”这个词。

下一页能勉强辨认出来的字有“河道”“沙土”……“卵石”，然后是“难以理解”几个字，这几个字后面的字迹实在太乱了，我根本看不出来。再往后，有几个字能看出来：“悬崖”……“在海面上方”……“搞不清”，接着是一个孤零零的词——“岛屿”，被一个圆圈圈起来。

我又翻了一页，“白色粉末状”几个字最先闯入我的眼帘，后面是一列列数字。在靠近本子下方的位置，有“自然史”几个字。

再翻一页，我认出“星期三，到达利马”几个字，然后是一个句子：**就像美人鱼，我被它们吸引着，不能移开视线**。紧随其后的几页笔迹凌乱，笔画颤颤巍巍、弯弯曲曲，字上都画着很多大大的×，更难认出来了，但是我在里面又看到了“岛屿”这个词。“盐”和“砂岩”出现了好几次，然后是“利马”，接着是“行李或者推车，拖鞋，水……毛驴”。

可以肯定的是，写这个记事本的人和达尔文有着极为相似的旅程经历，既有水路的，又有陆路的，同时，他也是研究自然学的。哦，还有，他提到了美人鱼。我继续往后翻看，尽管已经尽了自己最大的努力，但仍然只能偶尔辨认出几个字或者单词，尤其是那些被划掉的地方，想从那些密密麻麻的乱线条下看出字来简直是太难了！

忽然，一个单词闯入我的眼帘：**加拉帕戈斯群岛**！我仿佛看见一朵烟花在我脑中绽放。我急切地往下看，又一个词清晰地展现在我眼前：**香蕉**!! 是的，正如你看到的，后面跟着两个惊叹号。我把后面能辨认的单词摘出来列了一张单子：甜的、糖、晚饭、鱼、捉住、马、小瀑布、热气腾腾、壮丽的风景、山谷、有角的、狗、花岗岩、冰山。

在这一系列能辨识的单词之后，我勉强辨认出了一句话：**17 号，周六，船来了**。看来，这个旅行者也是在不停地上船下船，这点也和达尔文的经历相吻合。我继续往我的本子上誊写着：仙人掌、挖掘、美洲蜥蜴、火山口，还有一堆类似于温度记录的文字和数字，比如：一丝风也没有，温度 42 摄氏度。天呀，这不得热死了！还有一些词组或短句：进食时非常谨慎，不会咀嚼……美洲蜥蜴的脑袋是上下摆动的……行走时后腿伸展开来，速度非常缓慢……

哇哦，今天下午在图书馆，我就看到了加拉帕戈斯群岛上关于美洲蜥蜴和巨龟的记载。看来，这个旧记事本的主人和达尔文的旅程非常相似。那个念头今天再次出现在我的脑海：有这个可能吗？这个旧本子有可能是伟大的查尔斯·达尔文本人的吗？我，祖米·张伯伦，手中正拿着对所有时代来说都十分珍贵的宝物吗？不！这太不可思议了！再说了，今天下午我和劳拉在图书馆查找相关资料的时候，资料上并没有达尔文的某个记事本被偷了或者找不到了的记载啊！

我将思绪收回来，继续看，费了很大的劲终于看清楚一句话：捕鲸船接济了我们不少淡水。一条捕鲸船！任何人在那么高的温度下都会渴坏的吧。然后我又看到了“岛屿”这个词，还有“美洲蜥蜴”“蛋”。又翻了几页，终于能认出两句话：睡在那里，吃着海龟……做汤吃味道很鲜美。我接着往下看，忽然看见“加拉帕戈斯群岛火山岩浆”几个字。我闭上眼睛，心中不停祈祷着，祈祷着这个旧本子能让我走进它的世界，看到它的记录者所看到的一切。

我假装自己睁开眼睛，恍若自己真的已置身于另一个世界：我坐在加拉帕戈斯群岛一块大岩石上，在本子上写着什么。一只海龟笨笨地从我身边爬过去，一只美洲蜥蜴经过我身边时停了一下，抬着小脑袋好奇地打量着我，似乎在探查我这个外来者在干什么。

我慢慢凑近手里的旧记事本，轻轻地、慢慢地说：“告诉我，‘我’是谁？”

错别字大王

Medicin

我正沉浸在自己的世界中时，一阵敲门声响起，我被吓得差点三魂丢了两魄，然后奶奶的声音从门外传来：“祖米，很晚了，该睡觉了！”

“好的，再过一会儿我就睡！”我回应道。

我加快了速度，在本子上誊写着：浮石、我现在知道了、惊奇、很深、逃跑、圆形的、表面、低矮乔木、海洋，还有一个词组：吃了一个仙人掌。仙人掌能吃吗？我的眼睛火烧火燎地难受，我知道今天晚上用眼过度了，但我想把这个旧本子看完，于是我强撑着往下看：鳗鱼……星期六……我们的船起锚了，在岛周围的海域再次起航。然后是一串很难看清的清单，清单里勉强能看清楚的字有：书、气压计、药品（药品的英文正确拼写应是 medicine，而清单里拼写为 medicin，显然拼错了。——译者注）、好闻的油、黑色缎带。

我知道 medicine（药品）的末尾有个 *e*，而这个本子上，这个单词却少了 *e*，这个记事本的主人和达尔文一样，也是个别字大王！我的心又开始扑通扑通狂跳。

我想起今天早上店里那个鬼鬼祟祟的男人，还有嘉珀斯的焦虑。现在仔细回想一下，那个男人似乎在找盒子里放着的东西。他想得到它，非常急切地想要得到它。这个记事本为什么对他那么重要呢？我想了会儿，把心思重新放到这个本子上，还有几页我就看完了，我继续认真地记下能看清的字词，“岛屿”这个词又出现了，然后还有“贝壳类动物、海蓝色珍珠、贝壳类化石”。还有一张长长的购物清单，被狠狠地划掉了，经过仔细辨认，我终于认出一些词：信纸、茶叶、说明书、鞋、帽子、蜡烛。其他的我实在看不出来了，哦，这还有一个：枪。天哪，你知道的，达尔文做环球航行的时候也带着枪！在本子封底的内页有一行印刷的字：绒纸笔记簿。

终于看完了，我把本子合上，闭上眼睛，用手指轻轻摩挲着笔记本的封面，试着去记住它的纹理和特征：这有一道刮痕，那有一处污迹，这块儿有点儿破了……它的封皮是红色的皮革，前面的标签的左下角已经被撕掉了。这个记事本基本上是正方形的，和我的巴掌（五指伸开）差不多大小。

我把我看到的、感知到的和测量到的这些细节全部记下来，尽最大能力去抓住和保住我看到和感知到的一切。在嘉珀斯将它交到警察手里之前，我要把它藏到哪里好呢？我们的房子目标太大了，我得为它找一个别人想不到的安全的地方。对了！我脑子里灵光一闪，就这么办！我把这个本子重新裹好，塞进那个“危险的盒子”里，然后打开卧室的门，朝黑乎乎的走廊里瞥了两眼。

我不需要开灯，我对家里的一切了如指掌，即使摸着黑，我也行动自如。

《“瓦斯”公报》：第 11 期

The Gas Gazette：Issue Elven

一份关于神秘灵魂的免费报纸

❖你有过这样的经历吗？当你身在其中时，你并不觉得它有趣或者怎么样，而当一切结束，你再回首时，就会发现它充满魅力，让你终身难忘。我就有过这样的经历，那发生在我们的船停靠在太平洋的一个群岛上之后。

❖这些岛屿大都似狼牙般交错，黑乎乎的，主要成分是火山岩，热得就像大蒸笼。毫不夸张地说，这些岛简直就是人间地狱。如果把一支温度计插入岛上黑色的沙土里，用不了一会儿，你会发现汞柱蹭蹭往上蹿，直指 137 华氏度（相当于 58.3 摄氏度。——译者注）。这些岛上连储存雨水的地方都没有，每当下雨，我们只能看着那密集的雨点掉落到热气腾腾的火山岩上那一个个小坑里，雨水在那些小坑里打着旋儿，噼里啪啦作响。在这些岛上，我们只有一个感觉，那就是：渴！极度的渴！

❖这里到处都是体型巨大但温顺的蜥蜴和海龟，有时我觉得自己仿佛在外星球上：这里的蜥蜴长到 3~4 英尺（大约相当于 0.9~1.2 米。——译者注）长是再普通不过的事情了，大一些的海龟至少能长到 200 多磅重（大约合 90 多公斤。——译者注）。有好几次，我骑上从身边经过的这些庞然大物，它们竟然毫无察觉，丝毫不曾注意到身上忽然增加的重量，直到我滚下来，它们仍然没有注意到我。这些岛上的蜥蜴动作迅速但显然智商低下，笨笨的，我在笔记本上写下如下评价：又丑又笨。事后想想，这个评价有点儿不公平，也许是因为那时我处于极度干渴的状态，心情很糟糕。那时，只要是液体，对于我来说都是琼浆玉液。

❖为了活下去，我们不得不捉些巨大的海龟来吃。我还会强忍恶心，将它们膀胱里的透明液体一小口一小口喝掉。如果你不知道膀胱是身体的哪个部分，请自己查查字典。

我是谁？

敬请期待下一期！免费的！

牢牢记住

By Heart

我马马虎虎地穿上睡衣，光着脚，把“危险的盒子”紧紧抱在胸前，蹑手蹑脚地穿过厨房。我一点点儿、慢慢地把后门的插销抽出来，然后轻轻扭动门把手。

“把自己现在要做的事情在脑子里列一张清单，按照顺序一件一件来。”我对自己说，让自己尽量保持冷静。既然查尔斯·达尔文能够在极度紧张的状况下保持冷静，能够挺过晕船的痛苦，能够克服可能死于海上的恐惧，那么，我也一定能够在黑夜独自完成任务——把这个盒子拿到放工具等杂物的屋子里。

去杂物间的路线我早已熟记在心。晚上，我的嗅觉比白天更加灵敏，尤其是在夏天的夜里。这或许是因为在夏天，大地上的一切都被太阳烤出了味道，就像烤箱将食物烤出味道一样；又或许是因为我天生长了一只猎狗一样敏锐的鼻子。我把门推开，闪身出来后又小心翼翼地把它关上，与此同时，我吸了吸鼻子，认真辨认着周围的味道：

❖路面上飘来的汽油味

❖烤架上残留的烤焦的肉的味道，还有

❖薰衣草的花香

我闭着眼睛都能走到杂物间，于是开始朝着目的地走去。你是否和我有过一样的感觉呢：在夏天的夜里，你独自一人站在庭院中，听着周围的一切，仿佛连风都有了生命，就好像它突然有了意识，连带着动作都温柔了几分，它轻柔地吹动树上的叶子，轻拂着晾衣绳上晾着的床单。

从这儿走！不，是这边！走错了，走错了，走错了！我好像听到晚风在我耳边聒噪着。我继续走着，只要一想到达尔文如何克服那些困难，就立刻信心满满，充满勇气。我对着晚风说：“我一定可以！”我光着脚，脚下的草有些凉，还带着一丝潮湿的气息。我默默数着脚下的步伐：8、9、10……我现在应该已经走过那条晾衣绳了。我注视着正前方，只看见一片黑暗。忽然，我感觉到后面好像有模模糊糊的亮光，我想转过头去看一看，是不是手电筒发出的光，但我阻止了自己的动作，潜意识里有一个细微的声音对我说：“别往后看！千万别往后看！否则会很糟糕！”迈到13步的时候，我闻到了花园里番茄的味道。番茄红红的、甜甜的，我继续朝目的地迈进：14、15、16……其他的味道都消失了，只留下树的气息。有一刻我犹豫了，自己是不是走错了方向。但也只是一刻，我暗暗对自己说：黑暗没什么可怕的，没必要害怕。

右手紧紧抱住“危险的盒子”，将左手放在身前摸索着，这样我就不会撞到什么东西。我的心疯狂地跳着，然后，我忽然想起了哈罗德和他的紫色蜡笔。哈罗德成功战胜了恶龙，他和我的新朋友“瓦斯”一样，他们都成功克服了许多困难，那么，我也能。我继续走着，19步、20步……我的手碰触到了木头。

我用手摸索着，沿着杂物间的墙壁慢慢走着，直到摸到一扇门。我打开门并很快闪了进去。

乓！

Bang!

我知道这个杂物间里每一样东西摆放的位置。我把“危险的盒子”塞进一袋水泥和一堆油漆桶之间的缝隙里。那儿很隐蔽，因此很安全，没有人会想到，放在这样一堆破烂里的破盒子里会装着一样稀世珍宝。我打开盒子又看了一眼，确保那个宝贵的记事本安全地躺在里面。“我会回来的。”我对它保证道，“很抱歉把你放在这里。”

还没来得及盖上盖儿，就听见一辆车从我们家旁边的马路上疾驶而过，车灯发出的光在杂物间的窗户上一闪而过。与此同时，我听到了纷乱的脚步声，一步一步像踏在我的耳膜上。

咚——咚，咚——咚！

那不是爷爷奶奶的脚步声，我听得出来。一个声音在我心里不停叫着：哦，哦，快关上门！如果我小心一些，动作轻一些，杂物间的门是不会发出声响的。事实上，我也这样做了。脚步声在门外停了下来，我的心都跳到了嗓子眼儿，连呼吸都不敢大声。

我的心怦怦乱跳着，砸得我胸口生疼，我觉得，哪怕站在门外的那个人耳朵不好使，也一定能听见我的心跳声。然后，“轰”的一声巨响，在浓浓的夜色中，整个小镇陷入一片慌乱，所有人都被那一声巨大的爆炸声惊醒了。

跑！

Running

那是我听过最响的“鞭炮声”了。然后，我听到门外的人跑开了。等到再也听不到他的脚步声了，我才把盒子盖上。我感觉浑身的肌肉都紧绷着，手心里全是汗，手指微微颤抖着。我注意到，更多的灯光在杂物间的窗玻璃上闪过。

我推开杂物间的门，站了一会儿辨别回去的路。我希望厨房的灯能亮着，这样我回去就容易些了，但是那灯怎么会亮着呢，爷爷奶奶早就休息了。我眼前一片混沌，什么也看不清。整个小镇笼罩在一片混沌的暗色中。有那么一刻我有些恍惚，觉得自己可能在杂物间睡着了，那脚步声不过是我梦里的虚无。可是，我却在下一刻闻到了火的味道，是的，火！

榆树大街的警报器“呜呜呜”地尖叫着。

厨房的门被砰地一声撞开了，嘉姆着急地喊着：“祖米！祖米！”看到我好好地站在那儿，嘉姆松了一口气说：“哦，谢天谢地，半夜三更的你在这里干什么？”

我没说话，只是以自己最快的速度朝嘉姆走去，正在这时，嘉珀斯的声音传过来：“我要去趟镇中心！”嘉姆赶紧说：“那火那么大，我不会让你一个人去的！”走近了，我才看清，她穿着那件大花的睡衣，睡衣的一只袖子上有一个洞。“快，祖米！咱们一起去！”嘉姆一把拽过我，然后紧紧拥抱了我一下，就把我推到了门口，紧接着说：“穿上鞋，咱们也去！”我看了看爷爷，他的睡衣很显然也是随便整理了一下就出来了。我从挂衣钩上一把抓过他的T恤披在身上。

透过树的缝隙，我们能看见警灯发出的蓝色的光，人们叫喊着，我凝神听着，发现那喧嚣声是从我们家店铺附近传来的。嘉珀斯已经一头扎进夜色中，他在跑，因为我听到了“扛啷扛啷”的声音，那是他的义肢发出的声响。嘉姆紧紧抓住我的手，自从我长大后，奶奶就很少这样抓着我的手了，奶奶拉着我，以最快的速度朝大火烧起的地方奔去，每当前面有路沿或者坑坑洼洼时，奶奶就会提醒我注意。我们已经横穿过火车道，然后我听到奶奶低低的声音：“哦，天哪！怎么会！哦，不！”

大火

Burning

着火的是我们家的店铺。

火焰
浓烟
燃烧
燃烧
燃烧

我们家将来的生活可以预见：水深火热。

紧急照明灯的光、杂乱的脚步声……我大脑一片空白，忽然听见嘉姆一声尖利的大叫："不，不！阿什，你不能进去！"然后，她松开了我的手，我一动不动地站着，我知道，爷爷如果进入火场，奶奶绝不会留在外面，她一定会和爷爷在一起。这里的空气都被大火炙烤得滚烫，我每呼吸一口就感觉嗓子火烧火燎的，周围的人都在咳嗽。忽然，一个穿着黑色光滑外套的人把我的身子向后一转，然后猛地推了我一把，大吼着："离远点儿，孩子，只有消防员才能靠近这片区域！"我在那一推之下，踉跄着走了两三步，然后摔倒在地上，我刚站起来，就听到一声巨大的、带着毁灭力量的爆炸声——玻璃爆炸了！

即便我眼睛不好，但我也能看见那火海，火势冲天。我的身体开始后知后觉地剧烈颤抖起来，怎么也停不下来，好像这身体已经不是我的了。我脑海中想象着店里的那些“财富”被大火生生地吞噬：我的红沙发、糖碗里的老鼠、鳄鱼、我的《科学百科大辞典》还有那些马蹄铁。有一瞬间，我觉得自己也要爆炸了，被炸向深不可测的夜空中。我想把这一切当作一场梦，梦醒了，一切就还是原来的样子。

人群也如潮水一般涌来，学校的看门人把我抱起来，远离那片火海，然后把我放下来说：“孩子，你是张伯伦家的那个孩子吧？坐在这个路沿等，别再过去了，那边很危险。”

紧接着，他又消失在夜色中，我听他的话，木然地坐下了。过了一会儿，有人抬着担架从我身边经过，我还听到了呻吟声。我抬头望过去，一个人躺在担架上，头上全是血。忽然，我看到了那个人鱼虫形状的眉毛，是巴克艾！他怎么会出现在这里？还受了伤！我要去告诉爷爷奶奶。我应该早些跟爷爷奶奶说的，我不应该把见过巴克艾的事情瞒下来，如果我早些说，这一切是不是就不会发生？呻吟声还在继续，是我发出来的。我想站起来，但两条腿却不听使唤，一点儿力气都使不上，我只好把头埋在膝盖里。我的嘴唇哆嗦着，重复着一个字：请，请……我心里一团乱麻，只能寄希望于上帝，请上帝保佑。

不知过了多久，我感到有人拍我的肩膀，然后听到一个颤抖的声音在我耳边响起：“祖米，我非常……非常难过。妈妈，这是我的朋友祖米，那是他家的店铺。祖米，你爷爷奶奶呢？”

我瞬间僵硬了一下，抬起头却一个字也说不出来。

“劳拉，你待在这儿，我去找他们，顺便看看有没有其他需要我帮助的人。”一个女人的声音说，这应该是劳拉的妈妈。

劳拉在我旁边坐下来，很安静。谁也没说话，好像劳拉知道我现在的想法：只要有一个人陪在我身边就好，不需要更多的语言。她又朝我挪了挪，我们的肩膀都挨在一起了。我能感到她的肩膀一耸一耸的——她在哭。

目睹死亡

Watching a Death

过了一会儿，劳拉离开了，爷爷奶奶挨着我坐了下来，我们三个紧紧拥抱着彼此。

“是巴克艾吗？”我把头埋在爷爷的脖颈里闷闷地问道。爷爷点了点头，奶奶打破沉默，说：“是巴克艾，他已经被送到医院去了，他们说他会康复的。”她的声音颤巍巍的，我从没听到过奶奶用这种颤巍巍的声音说话，爷爷仍旧沉默。死一般的寂静，但我知道他心中并不平静，因为他的喉结不断上下滚动，似乎想要说很多话但还没出口就被他硬生生吞下，就像我沮丧烦恼时那样。

“我看见他了。”我说。嘉姆狠狠擤了擤鼻涕，然后把它们都擦在睡衣袖子上——她曾经跟我说，这样很粗鲁，不允许我这样做，但现在，她却这样做了。她把脸转向我，我看到她的脸上满是烟灰，这使她的脸看起来就像一个有裂缝的鸡蛋。

我伸出手仔细擦着那些灰，我们三个在榆树街的中央拥抱着哭泣。对于我们来说，这场大火是个巨大的打击，几乎断了我们生活的后路。当我们再抬起头来的时候，到处都是消防车。爷爷奶奶告诉我，相邻的镇子也赶来支援了。我从没见过这么多光。后来，只要一回忆起那晚，我的脑海中就会出现：

翻涌滚动的无边的黄色、白色和蓝色
吼叫声、爆炸声、噼啪声、断裂声
重物掉落的声音
瓷器和玻璃碎裂爆炸的声音
炙热的风呼呼的呜咽声

我从不知道建筑物也会感到痛苦，我看着火中的一切，就像亲眼目睹一场死亡，一种极度痛苦的死亡，就像我们家的一分子在燃烧、燃烧、燃烧。

我们的心也像在火上受着煎炸。

自责

Blame

三明治店铺的老板鲍勃和桃乐丝把我们送回了家。他们让我们坐进卡车的驾驶室里，车子开动的时候，我的头就被一根鱼竿一下一下敲着。回到家，我们在厨房中发现一个完整的派和一大壶冰镇柠檬水。我们这才想起来，出门的时候一慌乱就忘记了锁门，这些东西都是邻居们悄悄送来的。

我想起那个笔记本，庆幸自己把它藏得很稳妥。但巴克艾那件事在我心里就像一根刺，所以我一五一十地跟爷爷奶奶说了，从头到尾没有一丝隐瞒。当我把在图书馆遇到巴克艾连同他的威胁都说出来后，感觉前所未有的轻松。或许是巴克艾太生气了，所以一把火烧了店铺。

“哦，祖米，这绝不是你的错，我不知道他为什么会去找你，或许他是喝醉了，连他自己也不知道在发什么疯!”嘉姆安慰我说。

嘉珀斯摇了摇头:“都是我的错，那天晚上我应该答应帮他，而不是把他轰走。我忘了，他不是一个健康的正常人，我忽略了这一点。上帝啊，请原谅我!”

爷爷用一双粗糙的大手捂住脸，我和奶奶轻轻拍了拍他的胳膊，但他似乎没感觉到。一声长长的压抑的呜咽从他的喉咙深处发出，然后我听到他说:“消防员在后门发现巴克艾的时候，我就在旁边。他的嘴一张一合的，我凑近去听，听到他说‘尽力了，我已经尽力去阻止了’。”

“哦！”奶奶和我不约而同做出了相同的反应。

“可怜的孩子！”奶奶说，“也许他真的尽力了。”

爷爷又长叹了一口气，开始慢慢分析：“问题是，那个盒子和毯子都不见了，至于是被烧了还是被拿走了，我们谁都不知道。我敢打赌，那天来咱们店里的那个人又来过了，把盒子和毯子翻了个底儿朝天，结果没发现里面有什么东西，一气之下，干脆放火烧了咱们的店，这样一来，既能发泄他的怒气，又能掩盖他的罪行。而巴克艾，天知道那时他为什么会出现在店里。不管怎么样，情况都很糟糕。”

“笔记本在我手里，它很安全。”我抬起头说。

“笔记本安全了，但我们的情况，包括巴克艾，就不安全了。”嘉珀斯低声说，“如果那个卑鄙的家伙知道咱们当中有人拿着它，会怎么样？我们要尽快把这个麻烦扔给警察，我要把那个本子交给警察，现在就交！”

“那好吧。”我站起来，感觉心口上像压了一块巨石。我的手又开始不受控制地敲着下巴：“如果我早点把它交给警察，这一切也许就不会发生，店铺不会被烧，巴克艾也不会受伤了。”

一个声音在我的心里疯狂叫嚣：都是我的错！我的错！

“快停下来！”嘉珀斯大声说道，“我们生活中每走一步都会对后面的生活产生影响。不管怎么样，我们都已经尽自己最大的努力做到最好了，不是吗！所以，我们不要再自责了，不要再讨论是谁的责任了，关于这件事到此为止。”

“很有道理，你说得对。”嘉姆补充到。

我点了点头，感觉好了一些，手也不敲下巴了。

站在厨房门外，我又往镇中心的方向看了看，消防车的声音仍旧响着，我知道，破坏和伤害还没有完结。我在心里默默地对我们家的一部分，那个陪伴我长大的古董店说了一句话：我永远不会忘记你们，永远不会！

《“瓦斯”公报》：第 12 期

The Gas Gazette：Issue Twelve

一份关于神秘灵魂的免费报纸

❖在这十个蒸笼般的小岛上探险就像走在一块儿烧热的铁板上。我觉得我的状态很不好，我收集了很多鸟类和爬行类动物标本，但是很多标本在高温下根本无法保存。我也不像在其他地方那样认真，环境实在太残酷了。

❖我那支金属外壳的钢笔烫得根本握不住，我的汗落在笔记本上。罪犯、海盗和一两个倒霉的水手曾经被抛弃在这些岛上，我们找到了一个人的头盖骨。

❖我很高兴，终于要离开这些岛屿了。但是我永远不会忘记这些“滚烫”的日子。我发现岛与岛之间，相同的物种总会有所差别，这些差别是怎么产生的？为什么会产生这些差别呢？这对于我来说绝对是值得研究的课题。

❖之后的日子里，我不止一次回忆起那些短暂却奇妙无比的日子，每一个细节都令我回味无穷，并且经常希望能有机会重温那样的时光。我收留了一只龟宝宝做宠物，我当时并没有信心把它养活。

我是谁？

敬请期待下一期！免费的！

黑夜的重量

The Weight of the Night

打开杂物间的门，我径直走向那个“危险的盒子”。嘎吱！我的运动鞋踩到了鞭炮壳。我一开始并没注意它，但是很快就意识到不对劲儿了，这些鞭炮的皮和壳儿应该在那个盒子里头啊！我赶紧跪在地上摸索起来，我的手碰到了盒子，然后直接向盒子底部摸去，五指张开，好像这样它们就能抓住已经失去的东西似的。我终于发现，在我拿到这个盒子之前，它就已经不在原来的地方了，而且，盒子盖儿已经打开。

然后，我坐在地上，感觉黑暗向我铺天盖地地压下来，直到不能呼吸。那大火、对巴克艾的内疚、店铺的“死亡”还有丢失的笔记本……都让我不能呼吸。我“忽”地一下子躺在地板上，感受地板传到我脸颊的丝丝凉意。

那个“危险的盒子”，外面是蓝色的，上面有一些碎片，贴着一个小小的标签，小标签上面印着一个小小的樱桃，侧面已经被损坏了。我躺在地上，失去了知觉。

生命的碎片

One Piece

事情过后，嘉珀斯跟我说，当他走进杂物间，看见我躺在地上不省人事，差一点就崩溃了。他把我抱进厨房，嘉姆当时就崩溃了，嘉珀斯说：“自从你被装在猫笼里出现在厨房外面的台阶上，我就没见她那么哭过。话又说回来，谁会想到自己的世界在一天之内会崩塌这么多次，恐怕说出来都没人会信，所以，难怪你奶奶撑不住了。”

我醒来时，脑门上敷着一个冰袋，我们三个人都在沙发上，我在中间。我想，我们三个在那一刻都觉得，只要还活着，只要我们三个还在一起，就很好。我们就那样静静待着，谁也没说话。不久，当地警察和州警察就到了，嘉姆系上围裙，煮了几壶浓咖啡，把邻居送来的派切成小块儿。警察把当前的情况跟她和嘉珀斯简单说了一下，我坐在沙发里静静地听着，似乎不是很好呢。

巴克艾这段时间一直住在镇里的药店二层的旧仓库里，晚上就从食品店偷些吃的和喝的，至于床，其实就是一堆旧毛巾，周围还堆着一些空啤酒瓶和牛肉干的包装袋。他将面临一系列的指控：擅闯他人居所、居心不良、偷窃和纵火。毕竟，案发当晚，警察在我家店铺的后门发现了他。我们家店铺的门锁上面的玻璃被人砸坏了，而警察又没发现其他嫌疑人。一次以三棵橡树小镇为中心、在方圆五英里范围内的大搜索中，那辆被偷的卡车找到了，被发现时，那辆卡车停在一个废弃的院子里。

警察还没有对巴克艾展开问询，因为巴克艾的伤势比较严重。他现在正在进行全面治疗：脖子和胳膊上的烧伤、砍伤、擦伤、吸入肺部的浓烟以及酒精中毒。嘉珀斯向警察坦言了巴克艾几周前那次不愉快的到来，还有他留下的那个盒子，说是暂时寄存，并且告诉警察我们已经把盒子打开了，但里面只有一个旧毯子和一个字迹潦草的本子。嘉珀斯解释说，没有立刻把笔记本上交，是因为我有记笔记的习惯，因此他们同意把本子放在我这里一段时间，让我看看。另外，他觉得这不是什么大事情。昨天早上，一个不友好的到访者进入我们家的店铺，并因为爷爷没有将盒子和毯子卖给他而很生气。昨天晚上深夜，我把放着笔记本的盒子藏进杂物间，但是在我们家店铺着火的时候，有人闯进杂物间，把笔记本偷走了。爷爷尽可能仔细地去描述那个来过我们店里的男人。警察想再问我几个问题，不过看我状况不是很好，就说明天再问，让我好好休息。

警察离开了，厨房的门从里面锁上了。爷爷奶奶忙着收拾，厨房里很安静。我躺在沙发里拼命想，想理出一点思路来，但是徒劳无功。我的脑子里现在一片糨糊，好多片段和想法塞在大脑里，就是连不起来。

嘉姆的声音从旁边传来：“你的朋友劳拉和她的妈妈都是好人。”

“是的。”我说，突然感到胃里一阵抽痛，一股悲伤毫无预警地袭来。《“瓦斯”公报》估计办不成了，达尔文的事情，算了，根本就没有可能了。

如果劳拉知道我手里有一个特殊的古老的笔记本，上面提到了贝格尔号，而昨天我们一起研究达尔文的时候我还保守着这个秘密不告诉她，她会不会发飙？她能理解我吗？

爷爷奶奶会理解我吗？如果我现在告诉他们，那个笔记本可能非常珍贵，我可能会让巴克艾陷入更大的麻烦，说不定偷走这个笔记本比偷走一辆卡车更严重！

这实在是一个让人忐忑不安的秘密，但我不能把它说出来，至少现在不能说。我意识到，如果我不想伤害任何人，就只有保持沉默，虽然这样一来我可能永远也不会弄清楚那个笔记本究竟有什么秘密，它又是谁写的。

我忽然想起劳拉用拼图对达尔文的生命之树做的比喻，心里顿时轻松起来。我想，或许每个人的生活都可以看作是由许多遗失的碎片组成的，这些碎片只能偶尔看见和获得，然后，每个人总会不自觉地去希望和祈祷，能够遇到那些遗失的碎片，从而将自己的生活拼补完整。就像嘉珀斯，他希望自己可以将我们的店铺维持下去，而我，则希望可以通过自己的重大发现帮助嘉珀斯实现他的愿望，嘉姆也是，希望巴克艾真的没有纵火，而且还阻止了火势的蔓延。

那个笔记本是我生活的一个碎片，它属于我们家这个拼图，只是被什么人偷走了。它曾经在我手中，曾经属于我。我不自觉地想着几个字：在我手中。

《“瓦斯”公报》：第13期

The Gas Gazette：Issue Thirteen

一份关于神秘灵魂的免费报纸

❖我曾亲眼目睹过不少可怕而悲惨的事情，却无力阻止它们的发生。

❖在南美洲，我看到了奴隶主是怎样虐待奴隶的，那些行径令人发指。一个小孩子，大概只有六七岁的模样，只是因为给我的那杯水不够干净，就挨了主人一鞭子。我经常听到奴隶们惨烈的哀嚎声，他们往往会因为一个不起眼的小错误遭受非人的虐待和惩罚。一个人怎么可以在另一个人身上施以如此丧失人性的酷刑呢？奴隶制度是不可饶恕与原谅的罪恶。

❖我还曾眼睁睁地看着我最爱的人经受病痛的折磨却无能为力。孩子生病恐怕是最糟糕的。

❖我和妻子有两个孩子早早就夭折了，一个男孩儿，一个女孩儿。还有个女儿，在10岁的时候离开我们去了天堂。当她闭上眼睛停止呼吸的那一刻，我觉得我也活不下去了。我的心碎了，伴随着难以描述的痛意。

❖在环球航行结束后，我一直和自己的胃病抗争，长期的胃病将我折磨得虚弱而衰老，我也治疗过，但作用不大。没有妻子的精心照顾，我想我不会活这么大岁数。

❖能好好活着，本身就是一件了不起的事情，是上帝的悲悯、亲人的照顾和自身的坚强共同造就的。

你有过这样的感慨吗？

我是谁？

敬请期待下一期！免费的！

事件的核心

A Pebble in the Pie

第二天早上我很晚才起床，一碗凉的燕麦粥还没喝完，就有人敲门。奶奶去开门，我赶紧把睡衣整理了一下，然后试着把眼镜腿儿掰直。我那天晕倒在杂物间的时候摔断了一条眼镜腿儿，嘉姆用透明胶带把它粘上修好了。

“你好！”我跟警察说。

“你好，小伙子！”纳博警官对我说，“我们以前见过面了，介意和我谈谈吗？”

我摇了摇头。

“昨晚你爷爷已经跟我们说过那个你……嗯……爸爸，你爸爸拿过来的盒子还有它里面的毯子和笔记本。你爷爷奶奶说你曾经看过那个笔记本，那么，能跟我说一下笔记本里都写了什么吗？”

我点点头认真地说：“那个笔记本里的字很难看清楚，因为写字的人写得很潦草，而且好多内容被划掉了。但是我整理了一下并且做了笔记。

“太好了，”纳博警官说着便拿出一沓纸，紧接着拿出一支铅笔，笔尖放在纸上打算记录。

“我可以把我整理出来的记录拿给你。”我主动提供帮助。上楼的时候，奶奶在和警官说我的眼睛的问题，还说我是一个好孩子。

为什么要觉得保守秘密有罪恶感呢？每个人都有秘密，既然存在了，就有它存在的道理。我本身一出生不就是带着秘密的吗，还有我的名字，也是来自于一个秘密，还有我的母亲，她是谁？我的爸爸真的是巴克艾吗？爷爷奶奶说我身上有这么多秘密是很幸运的，是一种祝福。要是这样的话，这次关于那个笔记本的秘密，是不是也可以看成是一种祝福，上面的内容很多被划掉了，但是它仍然存在。

这样一想，我心里顿时轻松了不少。我拿着自己整理过的笔记本走下楼，坐在刚才的椅子上，然后打开本子。那上面是我前几个夜晚整理下来的内容，我对纳博警官说："有些单词我能看出来：沙滩、大海、老鼠、狗、糖、抓住……"我故意漏掉了"加拉帕戈斯群岛、岛屿、美洲蜥蜴和海龟"等关键的地方，翻开另一页继续说："哦，还有'船、鱼、晚饭、风、水、鸡蛋、散步……'"

我假装没有注意到纳博警官已经无聊地开始叹气了。"我在笔记本的前面发现了'1835年'这个日期，很少有笔记本能保留这么长的时间，对不对？所以我特别兴奋。"我絮絮叨叨地说着，就像他应该和我一样兴奋，然后我又沮丧地补充了一句，"但是笔记本的主人没有留下名字，真遗憾！"又一声呼气的声音响起，比刚才那几声叹息更大声，然后我听到衣料窸窸窣窣的摩擦声，那是纳博警官的制服发出的声音，他的耐心已经快被我磨光了："好了，非常感谢你，小伙子！但是你刚才说的这些用处似乎不大……"我又赶紧看了看我的本子，假装很急切地说："还有还有：汤、悬崖、马匹、饼干、河流，这些有用吗？"

纳博警官清了清嗓子说："很有用，谢谢你，如果我们需要更多信息会再联系你的。"

我点了点头，然后装出有点失望的样子。嘉姆用手摸了摸我的头。

纳博警官站起来，犹豫了一会儿，又说：“你爷爷说的那个可疑的男人，那天到店里想买走盒子和毯子，当时你也在，是吧？”

“是的。”我点点头说。

“你能……我是说，你那天看清那个男人的长相了吗？”

我摇了摇头：“但我听见他说话了，当他知道那个盒子不卖的时候，他的声音听起来很不友好。”

“嗯，这点你爷爷告诉我了，你把那个笔记本放到杂物间里，是因为你觉得那里更安全，对吧？好了，今天就先谈到这儿吧。”他说，然后合上了记录本。

“那再见，警官先生。”我说，又补充道，“谢谢您的到访。”让自己的语气听起来像是对这场谈话期待已久。

嘉姆把警察送走以后，来到我跟前问道：“好了，现在该说实话了吧！”

我咧了咧嘴。当她知道我隐瞒什么事情的时候，总会这么说。我想了想说：“其实也不是什么特别重要的事情，只是相对而言重要一些。”

“好了，我知道了。”她笑着说，用擦碗的毛巾使劲拍了我一下，“到底跟纳博警官隐瞒了什么没有说，总能跟我说说吧！”

“我只是遗漏了一些单词，比如加拉帕戈斯群岛、岛屿什么的，因为我不想让警察知道那个笔记本有多珍贵。他们现在正在调查和怀疑巴克艾，我如果说出这个笔记本的珍贵，对巴克艾来说处境会更糟糕，而他可能根本不知道自己干了什么，这对他不公平。”

“我都懂，你接着说。”奶奶认真地听着。

我叹了口气说：“我真的觉得非常难过和沮丧。”我决定将我知道的都说出来，不再隐瞒任何事情，“我觉得这个笔记本的主人可能和查尔斯·达尔文有关，因为那个本子里提到了‘贝格尔号’，这正是达尔文当年乘坐的船的名字。有时我在想，这个本子的主人会不会就是达尔文本人呢？我知道这听起来有点儿太异想天开了，但我真的觉得那个笔记本的主人和查尔斯·达尔文有关，因为他在本子中提到了‘贝格尔号’。我甚至想过，这个本子的主人会不会就是达尔文呢？我知道这听起来很不可思议，但是根据笔记本上记载的内容来看，达尔文去过的地方他也去过，而且是在同一时期。另外，还有很多细节也直接指向达尔文，比如列清单的习惯，还有，他们都不太擅长拼写单词，总是写错字。我和劳拉昨天刚刚查过达尔文的资料……”

“哦，这样的话，”奶奶沉吟着，慢慢地说，“劳拉知道这个笔记本的事情吗？”

“不知道。”我摇摇头说。

“你还没有告诉过她？”

我摇摇头：“我耍了个小聪明，想对咱们家有所帮助。昨天嘉珀斯跟我说，咱们店里的生意不太好，可能要关掉店铺。我想，如果这个笔记本很珍贵的话，我们可以用它换来一大笔钱，这样咱们的店铺就能继续开下去了。虽然这个笔记本不属于我们，但是，它也是巴克艾给咱们的，不是吗？”

嘉姆的声音听起来很平静，没有生气：“你的这个想法确实不太正大光明。”

“嗯，我知道。但是我知道今天早上咱们就要把笔记本交给警察了，而我想尽可能多地从这个本子里获得信息，万一，我是说万一，它果然能帮助我们脱离生活的困境呢。于是，我晚上才会那么晚睡，就是为了把上面能辨认出来的内容整理出来，这样，即便本子上交了，咱们手里还有一份记录呢。所以，我大半夜的起来，把装有那个笔记本的盒子藏进杂物间，就是想迷惑那个藏身暗处心怀不轨的人。”

“你整理的那份记录很重要。”嘉姆说，“如果必要的话，咱们还要向警察说一下你的发现，你觉得呢？”

“没问题！”我笑了，说，“那我和劳拉可以继续我们的研究吗？”

“为什么不呢？但是如果你真把劳拉当成朋友的话……你知道的，没有人愿意自己的朋友把自己蒙在鼓里。”

“我知道，我会告诉她这件事的，并向她解释我之所以没能立即告诉她，是因为它对我们家很重要。它可能会拯救我们家。”

“说起拯救，我想起来了。多年以前，你爷爷曾经到镇里的保险公司投过保。如今，咱们家的店铺着了火，你爷爷已经去找保险公司谈了，我想，最起码咱们能够申请保险赔付，这样的话，也能将咱们的损失分担出去一部分，不知道你爷爷现在到哪儿了？”

奶奶话音刚落，我就听见爷爷走路发出的“扛啷扛啷”的声音，那声音落在厨房外的台阶上，听起来很沉重。奶奶赶紧打开门，把爷爷迎进来：“哦，阿什，怎么样了，亲爱的？”

我知道现实很严峻，因为奶奶只有在情况很糟糕的情况下才会叫爷爷“亲爱的”。

炸松鼠

Fried Squirrel

嘉珀斯进门后没说话，只是绕着厨房的桌子走了两圈，偶尔叹口气，那叹气声里充满悲伤和无奈。我和嘉姆也都保持着沉默，有时，仿佛只有保持沉默才是最合适的。终于，他不转圈了，拉了把椅子坐下来，然后突然开口说："没有保险赔偿。几年以前我终止缴纳保险费了，在缴了那么多年保险费后，我为了省点儿钱，竟然就终止缴纳了！我去找保险公司，希望能要回点儿钱来，毕竟我缴了那么多年，可这不符合游戏规则。我们一分钱的赔偿都拿不到！一分钱都拿不到！"

我的耳朵动了两动，但是心里却一片平静。嘉姆只是说着："哦，哦……"像一只泄了气的皮球。爷爷的双手一夜之间仿佛多出了几十条皱纹，奶奶将手伸过去，放在爷爷的大手上，然后我将自己的手也放上去：四只布满青筋、满是皱纹的大手和一双浅褐色的小手。

"一切都会好起来的，我们能挺过去的，即便是吃炸松鼠，我们也一定能活下去！"奶奶说。

"或者'手掌三明治'。"（祖孙三人的手交叠在一起，像是三明治一样，祖米想调节一下气氛，因此说了这么一句冷笑话。——译者注）我接着说道，想活跃一下气氛。

嘉珀斯的鼻子里哼了一声，也不知道是在笑还是在哭，或者两者皆有："手掌三明治，什么味道？像鸡肉一样吗？"他说道。

这一刻的情景有点儿怪异。"我们可以炸一下试试？"嘉姆说，她尽管竭力压制，但是声音仍然微微发颤。

他们是认真的吗？事情有的时候就是这样奇怪：人们有的时候试图隐藏一些什么，有的时候却又不这样做，特别是当周围有他们爱的人的时候。吃松鼠，听起来就让人感觉不舒服，但是我将奶奶那句话藏在心底，它表明了我们共渡难关的决心。

《“瓦斯”公报》：第14期

The Gas Gazette：Issue Fourteen

一份关于神秘灵魂的免费报纸

❖当航程结束回到阔别已久的家，我是那样兴奋。我的家人、家乡的事物以及闻名世界的一切在我看来都是那样亲切。

❖当我还在上大学的时候，我和几个朋友成立了一个“饕餮俱乐部”，我们以吃各种奇怪的肉类为乐，认为这是一种值得炫耀的冒险，比如猫头鹰或者其他人们不常吃或者根本不吃的动物，当时我不知道，我后来竟会……

❖在那次终生难忘的航行中，我吃过数不清的叫不上名字的昆虫，有些是误食，但更多的是为了生存下去不得不吃。我做梦都没想过要去吃那些东西：各种奇怪的从未见过的鱼、贝壳类动物以及爬行动物。我们曾经以鸵鸟、刺鼠（一种大型啮齿类动物。——译者注）甚至美洲豹为食。

❖在靠岸采买补给的时候，我们经常会买到一些看不出是什么动物的肉类，对此，我们已经习以为常，只能以眼不见为净来安慰自己。

❖我们同时也是很多虫子的食物。

❖我总是觉得，我后半生之所以总是疾病缠身，是与一种讨厌的生活在南美洲的寄生虫撇不开关系的，我被那种虫子咬过。

❖但是转念一想，我在离开英国、开始那次航行之前，在被那些奇怪的虫子咬伤之前，也总是病病歪歪的，可见也不见得是那些虫子的错。而且，我的胃病也是在那次航行之前就有了。

❖探险的经历和由此而来的各种发现，让我心中稍稍安慰了些。虽然身体上遭受了很多的苦难，但有这些发现和奇妙的经历，或多或少都是一种补偿。

❖如果生活中缺少了奇妙的探险，该是多么乏味啊！

猜猜我是谁？

敬请期待下一期！免费的！

雪上加霜

Lemon in the Wound

爷爷说完没有保险赔偿这件事后，厨房里就陷入了一片安静。爷爷奶奶的状态看起来都很糟糕。该做晚饭的时候，爷爷起身走出去，到菜园里摘点豆角。他站在一堆南瓜花上面，我想帮他，但他只是耸了耸肩。然后，我们听到厨房传来一声尖叫，原来嘉姆想切点番茄，和剩下的汉堡火腿一起吃，结果切到了手指头。她只好先停下来把血挤一挤，直到不再流血为止。

每隔一段时间，他们就给医院打电话问问巴克艾的情况，医生的回答总是一样：巴克艾的伤情很稳定。这场大火使我们每个人都受到了伤害，而不能获得保险赔付无异于雪上加霜，使我们本来就很窘迫的生活更是显得凄惨无助，奶奶再也想不出什么安慰的话来。

吃完晚饭，爷爷说他去弄些牛奶。他想把我们家的卡车倒出车道，结果却撞到了树干上并把篱笆给撞倒了。这卡车他开了无数次了，从来没出过这样的事情，我能想象他此刻的心情有多么糟糕。他回来后，递给我大约 2 升牛奶，可我却没接住，牛奶掉到了厨房的地板上并滑到了桌子底下，我赶紧弯下腰去捡，结果撞到了脑袋。

“好了，今天的不幸和事故已经够多了，咱们都去休息吧。”嘉姆的声音里满是苦涩。尽管天还有些微的亮光，但我们都听了嘉姆的话，拖着沉重的步子和身体爬上楼梯，走进自己的房间，然后，整个屋子就被寂静而漫长的黑夜包围了。

我躺在床上，翻来覆去睡不着，深深地为嘉珀斯感到难过。我很清楚他有多爱我们的店铺，他爱了这店铺一辈子，大部分的心血都投入了这间铺子。那么多年了，忽然就这么没了……停止缴纳保险在我们家也算是一个危险的秘密吧！连奶奶都没告诉，就是怕她担心。这个秘密沉甸甸地压在他的心里这么多年，该是多么无奈又痛苦的一件事啊！巨大的打击，无情的伤害！然后，还有巴克艾。不管怎样，我们是巴克艾的亲人，打断骨头连着筋的亲人。现在，他有了麻烦，因为他可能触犯了法律。警察怀疑是他放的火，但即便是我也不相信他会这么做。尽管他脾气很臭，也很自私，但是他没有理由放火烧自己家的店铺啊！这根本说不通。唯一可能的放火犯，应该是那个陌生的男人！我必须找到他。说不准他现在仍旧在我们镇没有离开呢，装出一副什么都不知道的无辜样子！我直直地坐在床上，决定要把他找出来。但有谁会相信一个几乎全盲的男孩儿和一个咋咋呼呼的女孩儿会将罪犯抓出来呢，还是在一个小镇里？

屋外的树叶窃窃私语着：**找——是的——找**。我更坚定了自己的想法，那个男人肯定没走，如果他没走，那么那个笔记本就一定也还在镇上。

我要行动了

I Go

第二天，照样一丝风也没有，我们家仍旧被悲伤笼罩着，气氛很压抑。这么多天了，一直是无风的天气，这在我们这儿已经是很反常的气候了。往年的夏天，我们这儿总是微风习习，连绵起伏的玉米随风起浪，玉米的茎和叶子发出沙沙的声响，好似一片玉米的海洋，而我们的小镇就好像海洋中的一个小岛。那天早上，没有风，我们只听到鸟和昆虫的叫声：咕咕叫的鸽子、红翅膀的画眉、麻雀、蟋蟀和蜜蜂。世界好像在说：看，我可以再一次平和下来，而且，很仁慈（这里的仁慈是相对于昨天晚上的大火、喧嚣和毁灭一切的力量来说的。——译者注）。

爷爷不需要再去店里了，我们家的店铺已经付之一炬了，所以，吃过早饭后，爷爷就从菜园的一端开始向外锄草。“我要把菜园扩建一下。”爷爷只说了这样一句话。

“需要我帮忙吗？”我问。

“不用，你奶奶说你想去图书馆。去吧！也好暂时从这些……这些烦心事里喘口气儿。”

“我不用。”我说，不想让爷爷再次受到伤害，“我只是想去查些东西。”

“嗯，那样很好。”爷爷一边说一边忙着手头的活儿，狠狠地把锄头锄进地里，就像没有明天那样绝望。

厨房里，嘉姆正在烘焙蓝莓派，早上 7 点钟左右，她已经烘焙好了两个。“我马上就好了，等我一会儿。”嘉姆说，然后看着我，“去吧，我一会儿送你去。”

我点点头，心里想，如果奶奶知道我去查些什么，肯定就不会这么说了。

引蛇出洞

Bait

我没想到，在去图书馆的路上会收到那么多善意的安慰的话语。我们家从没遇到过这样大的灾难，起码在我记忆中没有。我们向来自给自足，很少有人情往来。但我们的小镇一直有这样的传统，那就是在别人遇到困难时伸出援手，尽己所能给予帮助。所以，在我们家遭受这么大的打击后，我立刻就感受到了来自四面八方的善意和帮助。

当我到达图书馆门口的时候，我已经从在路上和邻居的谈话中知道，有人一会儿会给我们家送去一个椰子蛋糕，有人会开着自己家的拖拉机帮助嘉珀斯清理店铺烧剩的残骸，杂货店的老板会送一个装满赠券的大信封给我们。

还有劳拉，她的笑容是那样阳光，就像她的名字。我感觉我们已经认识了很久，做了很久的朋友，我不需要为昨天的眼泪和拥抱感到羞愧或不好意思。

“我有很重要的事情要告诉你。”一见到劳拉，我马上开口说，“咱们去图书馆后面说吧。”

“好的。”她什么都没问就答应了。劳拉总是这样，不管发生什么事，都是这样镇定。我们绕到图书馆后面，很快就淹没在齐腰高的杂草和野花丛中。我们肩并肩坐在一张废弃的汽车罩布上。

“昨天，我一下子编写了三期《“瓦斯”公报》的内容。”她说，“我很伤心，只能不停地找事情做，才不会老想那件不幸的事。”

我点点头：“嗯，做事情是分散注意力的好法子，我已经迫不及待想要读它们了，说不定我能发现更多关于达尔文的信息，但是我有一件事情必须马上告诉你。”

在接下来的半个小时里，我把所有的事情一字不落地告诉给了劳拉。一开始的时候，她很平静，然后，连根拔掉了她手边的一把野草，看着她那利索劲儿，我真庆幸自己不是她旁边可怜的野草。

“一开始你为什么不告诉我？”她爆发了，但听我说完，很快就又安静下来了。她能理解，如果我说了，很可能我的某个亲人就会陷入危险。

“但是，你又不知道那个陌生人长什么样子，咱们怎么找他啊？”她担忧地问。

“很简单，我能听出他的声音，他说话的时候哇哇的，好像嘴里含着棉花糖。”我马上答道。

“嗯，真是不错的主意！”

“三棵橡树小镇不大，我觉得他还没有离开，一定还在周围什么地方，这样能掩人耳目。我的意思是说，假如咱们是来这个镇游玩的客人，如果刚一发生火灾咱们就离开，就显得做贼心虚似的，这样做只会增加咱们身上的嫌疑，你说是吧？还有，他可能也不知道那个笔记本就是那个盒子里最珍贵的东西，因为盒子交到我们手上的时候是密封好的。那个男人或许以为我们还藏着什么东西呢，他肯定要搞清楚才会离开。当然，我说这个，是假设那天从杂物间拿走笔记本的人是他，他说不定还纳闷，我藏这么一个破本子干吗呢？这样一来，他就极有可能还在暗处监视着我。那么，咱们就到处逛逛，拿我做诱饵!”

“啊?”劳拉向我的方向靠近了些，直直地看着我。

“他肯定早就知道我是谁了，也知道那笔记本在我这儿，还亲眼看着我把本子藏到杂物间，而你要做的就是，看看周围谁在观察和注意我!”

“我就说过，‘智多星男孩’这个称号非你莫属，我没说错吧!”劳拉叽里呱啦地说着，前前后后地晃着身子，突然，她停了下来。

“怎么啦?”

“不对劲儿啊，如果他是纵火犯，那么在火情发生的时候，他应该在你们家的店铺附近，而不是出现在杂物间外面啊！可是，你的耳朵肯定不会骗你，你说那脚步声不是巴克艾的，就一定不是。再说了，我们知道，大火发生时，巴克艾就在店铺后面，也有可能是里面。你怎么那么肯定，放火的人和杂物间外面的人是同一个人，他又不会分身术!”有那么一会儿，我们都没说话，静悄悄的。

“或许那个陌生的男人不小心引起了火灾。爷爷从来不允许任何人在店里吸烟，他总是说，我们的店和店里的东西干燥得就像是大中午正在耕田的马一样，随便一样东西都能很轻易地燃烧起来：书本、家具、古董……那个男人或许没想放火，但他只要丢根火柴或者烟头在这里，火就能烧起来。”我停顿了一下，想起了要给劳拉看的马蹄铁，它们就被我放在红色的沙发上。忽然，我的鼻子一阵酸涩，眼眶潮潮的。

“祖米，你没事吧?你还好吗?”

“没事儿，眼睛里进沙子了。”我闷闷地说。

“当人们被很多麻烦事儿包围的时候，我妈妈总是用一个成语形容这样的情况：四面楚歌。”

我点点头：“嗯，也可以说祸不单行。”

“很对！”劳拉点点头表示赞成，然后她忽然意识到，行动起来做些什么总强过口头上的安慰。这个脾气火爆的女孩很聪明，马上就抓住了关键，她把双手交叠放在下巴上，然后说：“那么，咱们就开始吧！这个镇上只有一个地方是那个陌生的男人可能会待的——甘德太太家的小旅馆。如果他还没回到旅馆，在不引起甘德太太怀疑的情况下，咱们可以跟她聊聊，套套话。”

“不错，那咱们就往她那儿走吧！你要像鹰一样机警！”我一边说一边站起来。

“没问题！”劳拉自信地点点头，“他为了摆脱嫌疑，肯定不会立刻离开这里。”

“嗯，有道理。”我点点头。我和劳拉总是能想到一块儿去，很容易就能了解彼此的想法，“我敢肯定，警察一定找他谈过话了，现在警察怀疑是巴克艾放的火，而没有对他有过多怀疑，所以他觉得自己暂时是安全的，不过，一旦这几天他没有找到想要的东西，一定会尽快脱身的。”

“那么，我们必须要在他逃走之前抓住他，是吧？”劳拉问道。我把缠了胶带的眼镜腿又用手紧紧地捏了捏，保证胶带缠得够结实。

“准备好了吗？”我问劳拉，“咱们走，遇到坑坑洼洼的地方你要记得提醒我啊。”

“没问题！”

“把我当作诱饵，把那个坏蛋引出来！”

一团乱麻

Jam

一个男人点了一份双面煎蛋、一份土豆煎饼和一个葡萄干面包，坐下后，拿出一份报纸，好像在专心致志地看报纸，其实不然。他的耳朵正敏锐地捕捉着周围的讯息。周围的谈话一字不漏地钻入他的耳朵：

太让人难过了……

咱们镇子没有这店会怎么样，真不敢想象……

我听说阿什因为几年前停止缴纳保险费，所以现在一分钱的保险赔偿都得不到……

咱们家的橡木餐桌还是我从他父亲那里买来的……

在这样一个小镇子里，发生了这样的事，作为一个陌生人，他必须再在这里留一天，否则，人们会认为他做贼心虚，从而把怀疑的目光投向他。他已经跟警察解释过怎样以及为什么会来这个小镇——毕竟，为兹珀先生运送其委托的物品又没有触犯法律。然后他在警察的陪同下确认了自己被偷的小卡车，那小卡车现在仍然由警局监管着。后来，他应警察的要求留下自己的指纹用于比对，并且告诉警察，着火的那天晚上他很早就睡觉了，并且一直没有离开屋子。

他把报纸放下来，在面包上涂上厚厚一层蓝莓果酱，然后向咖啡馆的窗外望了一眼，却不想正好对上另一双眼睛，是那个有着一头黑黑卷发、在图书馆里见过的女孩儿，而和她在一起的正是那个戴着瓶底一样厚的眼镜的男孩儿。女孩子的眼睛直直地看进他的眼睛里，然后转过头，继续朝前走，一边走一边在男孩子耳边低语着什么，然后又回头瞅了他一眼。这回，他朝着女孩儿笑了一下。两个孩子走远了，他松了一口气，活动了一下有些僵硬的手指。

现在，一切都已经偏离了原来的轨迹，失控了。他忽然觉得，如果他不曾参与进来该有多好。

阳台玻璃的异常

A Hole in the Screen

“告诉甘德太太，你想借卫生间用一下。”劳拉在我耳边低声说。

我清了清喉咙跟甘德太太打招呼道：“早上好！”

甘德太太从花园篱笆旁的一丛蜀葵中抬起头来，然后冲我小跑过来，给了我一个温暖的拥抱：“哦，祖米！你们都还好吗？这事真是太让人难过了。”

我让自己看起来很难受的样子，对甘德太太说：“现在有客人在吗？我想用一下您这儿的洗手间。这是我的朋友劳拉，我们正好在周围卖我奶奶做的点心，这些点心是她一大早就起来做的。”

“当然了，亲爱的，当然可以用！”甘德太太热情地说，把我们俩都领进屋里。我们注意到屋子的前门在我们来的时候就开着，我们进到屋里后甘德太太也没把它关上。

我开始很镇定地上楼，仿佛我对自己的目的地很清楚，劳拉跟在我后面。“哦，亲爱的，上面有客人住，你可以用楼下的洗手间。”甘德太太说，“而且，用一层的洗手间更方便。”

“没关系，劳拉会在洗手间外面等着我，然后帮我下楼的。”我回应道，同时加快了上楼的脚步。摸着墙上的瓷砖，我很快就找到了楼上走廊处的洗手间，一头钻进去，并且很大声地关上了洗手间的门。

等我们从甘德太太家出来，劳拉跟我说了我进入洗手间后发生的事。我不得不说，劳拉真是一个超级勇敢的女孩儿。她见我进入洗手间后，偷偷地溜进那三间给客人住的房间。其中有一间，被子没叠，还有一个放满衣服的行李包，她把手伸进包里摸了一圈，没发现什么异常。卧室外面是一个用玻璃封闭好的阳台，她听了听楼下的动静，然后蹑手蹑脚地走上阳台，并用手试着推了推玻璃，哇，有一扇玻璃被推开了一条缝，勉强可以挤出一个人并上到屋顶，然后爬到距离很近的一棵松树上，再顺着树干溜到地上。她本来想再察看一下，可听到楼下有男人在说话，于是只好赶紧从屋里出来，然后作势摔到楼梯上。她跟我说，当时她的心都要跳出来了，而且看起来一定很心虚。

像嫌疑犯一样思考

Thinking Like a Fish

咚，咚，咚！然后是一片寂静。一双大靴子在劳拉眼前停了下来。她抬头望去，看到那个陌生的男人正愤怒地看着她。

“我在等我的朋友呢！”她急急地大声说道，那声音大得仿佛连聋子都能听到，“他的眼睛不好，现在正在洗手间，我要等他出来帮他下楼。”

我接收到了劳拉话中的信号，像模像样地冲了两次水。

“这当然可以。”这个声音我很熟悉，然后我听到咚咚的脚步声，然后是砰地一声关门的声音。

我赶紧从洗手间出来，劳拉一把抓住我的胳膊就把我往楼下拖：“快走，快！他就在房间里！”她拖着我走得太快了，我一下子就摔倒了，磕到了膝盖。

“我听到了！”我尽量压低声音，被她一边拖着一边说，“但是咱们能慢点吗？我看不到楼梯。”

“我有很重要的发现要跟你说！”劳拉在我耳边悄声说。

甘德太太听到我们下楼发出的乒呤乓啷的声响，赶紧从厨房出来，惊讶地说：“我的天哪，怎么这么着急！”

等甘德太太在厨房给我的膝盖涂好药水，并且坚持看着我们喝完柠檬水，我们就离开这里往镇里走了，我们连那个陌生人的名字都没机会问。

“很抱歉把你摔着了。”劳拉说，“可能在压力下我有点过分紧张了。”

“越是紧张的时候，越要保持冷静，就比如钓鱼，鱼都要咬钩了，你一动，反而把鱼给吓跑了。”我对劳拉说。

劳拉接下来就把刚才发生的事情跟我说了一遍。她说刚才那个男人就是在咖啡馆里盯着我们的那个人，我们是不是要报警？

“我们先收集一些证据再说。”她建议道，“说不准我们能找到什么线索。”

“啊！”我猛地停下脚步，一动不动，“如果我是那个大人，我会把那个笔记本藏在哪里呢？”

“而且是一个有作案嫌疑的大人。”劳拉补充道。

“对！如果我是嫌疑犯，我不会把笔记本放在身边，而是藏在一个隐秘而安全的地方！”

弥天大谎

Knee-deep in Whoppers

柜台很高，我的下巴刚刚能够到柜台。

“哦，你好，祖米!”邮递员迪瑟先生热情地跟我打招呼，“那场大火，哦，我们都很难过，对我们来说都是难以估量的损失。”他一边说，一边转着签字笔，那支签字笔的一端固定在柜台上。

“谢谢你。”我对迪瑟先生说，然后看看站在我旁边扭来扭去的劳拉，继续说:“能让我的朋友用一下你这里的洗手间吗?”

他好像很惊讶:“哦，当然了，这有什么的。来，从柜台绕进来，沿着走廊向前走，然后右拐，现在没人用洗手间。”

我仍旧待在柜台外面，这里很小，而且只有我一个顾客。

“这些天生意怎么样?”我问道，“暑假到了，一定有很多邮件吧?”

邮递员先生的声音低沉下来:“生意一天不如一天了，写信的人越来越少，寄东西的人也是。”他接着说:“但庆幸的是我们这里还有自己的邮局，知足常乐嘛。”

“前天，就是我们家店铺着火那一天，有个顾客到我们店里买了一样东西，我爷爷告诉他在哪里可以寄走这样东西。这是我们店卖出去的最后一样东西，如果爷爷能再买回去留个纪念，他一定会很高兴，当然，如果那位顾客也同意卖，而且包裹还没邮寄走的话。”

“知道他的名字吗？”迪瑟先生问。

“不知道，我只知道他是来咱们这儿游玩儿的，当时他付的是现金。”现在，我真是睁着眼睛说瞎话了。

“哦，你可能会失望了，昨天确实有几个人到局里来邮寄东西，那些包裹昨天下午恐怕已经发走了。”

“有没有一个很狡，嗯，我的意思是，有没有一个声音听起来有点奇怪的陌生人寄过东西？如果没有，他只要还在镇上，我说不定还能找到他，我能听出他的声音来。”我急忙说。

“你是一个很合格的小侦探。”邮递员先生说，一块厚厚的橡皮在他的拇指和食指间翻飞，“祖米，你是一个很孝顺的孩子，但是我恐怕帮不到你了。”

这时，劳拉回来了，用手不耐烦地拍了拍我的肩膀，似乎有话要对我说。

“那好吧，谢谢您！”我跟迪瑟先生说，然后转身和劳拉一起离开了。

“猜猜我发现了什么！你一定猜不到！”劳拉在推门的瞬间跟我低声说。她刚说完，我就听见装邮票的盒子从柜台上掉下来了，那邮票盒子原先就掉过，所以我一听声音就知道怎么回事。门在我们背后关上了，我回头瞅了一眼，迪瑟先生正在整理掉落的邮票盒子，终于有事情可以做了，他看上去很开心……

热与冷

Hot, Then Cool

“迪瑟先生是一个志愿消防队员！着火的那天晚上他肯定也在现场!”劳拉兴奋地说，“我在洗手间看到了消防部门的日程安排还有他的消防员资格证书。如果我们有嫌疑犯的照片……”

“对了，那个男人到底长什么样子?”我问道。

“对了！咱们给他画个像！他的两只眼睛离得很远，灰色的头发，坑坑洼洼的脸。还有他走路的时候好像是在滑动。”劳拉将两只胳膊挥舞得瑟瑟作响，“就好像是在顺流游泳。”

“那这个人特征很明显，如果那天晚上他在现场，说不准迪瑟先生会有印象。”

“嗯，有这个可能，那咱们要不要回去问一问?我负责描述那个人的特征。”

“现在不行，如果我们的话引起迪瑟先生的怀疑从而阻止我们调查怎么办。大人们有时候总是不放心让孩子们独自做一些调查，总是担心这担心那，比如担心咱们受到伤害。”我的眼睛转了转，好像我经常做这个动作似的。

“好的，明白。”劳拉说，“迪瑟先生看起来确实有点小紧张，如果知道咱们在暗中调查这些事，他一定会崩溃的。”

我们在榆树街的一条长凳上坐了一会儿，太阳高高地挂在天上，汗水顺着我的脖子往下流。我闻到劳拉身上的椰子味道，她也热得不行了。

“要不咱们到图书馆休息一会儿吧，还可以想想那个笔记本的事情，看有没有新的发现。”我建议道，“那个嫌疑犯可是为它惹了一大堆麻烦。”

“还引发了很多糟糕的事故。”

“说真的，他一定知道一些咱们不知道的事情。”

“嗯，一定是。”劳拉同意道。

我们站起身，朝图书馆走去，那里总是很凉爽。在那里我们感觉放松而安心，或许是因为有科鲁兹太太在那儿吧。但是，我们都没有注意到，一个灰色头发的人正坐在离电脑不远的摇椅里。

《“瓦斯”公报》：第15期

The Gas Gazette：Issue Fifteen

一份关于神秘灵魂的免费报纸

❖从我还是一个孩子的时候起，我就有记清单和写日记的习惯，并且将完成的事情划掉。

❖我把所有东西都分门别类、整整齐齐地放在架子上。

❖我曾经写下这样的话：“好记性不如烂笔头。”它应当成为每一个收藏者的座右铭。因为生命如流水，生命无时无刻不充满变化，总会有更精彩、更让人兴奋的经历发生，因此，“过去”会在时间的长河里逐渐黯然褪色。记忆，有的时候并靠不住。

❖看着清单，我们就能知道发生过什么故事。下面是我从1859年的清单中选出的一部分：

氧化镁，嗅盐。

小蜡烛，白兰地。

厚袜子，睡帽，鞋拔子。

香烟，备用手表和眼镜。

工作服，粗布毛巾。

放铅笔和钢笔的盒子，日记本。

墨水瓶，抹笔布。

防水外套和绑腿布。

瓶装水，雨伞，手杖。

❖上面的清单里可能有错别字，不用您指出来，我自己知道，因为我是个别字大王。

❖是不是觉得对我的了解更深入一些了呢？

我是谁？

如果我能看到你们记的清单，是不是有助于我更好地了解你们呢？

敬请期待下一期！免费的！

追捕

Hunting

劳拉在我旁边拉了一把椅子坐下来，我在浏览器搜索栏中输入“1835 年旅行笔记”几个关键字。搜索结果很快出来了，最前面的是马克·吐温的笔记，还有纳撒尼尔·霍桑（美国作家）的，然后还有其他一些搜索结果，劳拉说这里面有的名字她听说过，但很多她也没听过。我们跳到第二页，在这一页的下端我们终于找到了有关达尔文的信息，我和劳拉不约而同地“哇”了一声，兴奋极了！我们点进去，只见页面上显示的都是达尔文的相关信息，很多很多，在页面的最上端，写着“查尔斯·罗伯特·达尔文的所有著作”一行字，下面是几个选项：

❖已出版著作

❖手稿

❖个人简介

❖科学影响

“呀！这看起来很难啊！”我说。

“是啊，毫无疑问，这是给大人看的，但是咱们也可以，我以前也读过和这个难度差不多的东西。”劳拉说。

“嗯，没错！咱们在做达尔文的调查，肯定会遇到困难，但是想一想达尔文遇到过的那些困难，咱们遇到的这些简直就不算什么了！”我信心满满地说道，忽然想起外号叫“瓦斯”的那个我从来没有见过的朋友，应该也是遇到很多困难和麻烦吧！

“对啊！”劳拉的声音响起，将我拉回现实，“点一下‘手稿’，那里面应该是关于手写稿的一些介绍和记录。”

我马上点击进去，一张很长的类似于表格的东西跳了出来，劳拉念着最上面的句子：这里记载着最完整的达尔文的手写稿和私人札记。

“他可真能写啊！”劳拉赞叹道。

“他留下了大量的笔记本。”我补充道，想想我床底下的那些笔记本，跟达尔文一比简直小巫见大巫了。我往下拉着页面，后面是一张清单，列出了书的名称和简介，每本书的介绍后面都附着一张书的手稿内页的小照片，小照片后面有一个“浏览”的点击钮，只要一点这个地方，照片就会放大，你就可以阅读更多的内容。我点进去看了下，那手稿中有个字母 I，形状就像是一片有长长叶柄的叶子，还有一个弯弯曲曲的 y，形状好似一个鱼钩。

“你慢点！”我突然开口，“你看得太快了，我跟不上。”劳拉速度太快，我只看到那些单词哗哗从我眼前滑过，根本来不及思考那些单词的意思。

“这个就像是达尔文的生命进化之树。”劳拉一边说一边坐回自己的椅子，“手稿是树干，然后每一部书稿就是一根树枝，书里的内容就是那些树叶。”

我点点头，很赞同劳拉的说法。很快，我又辨认出一个字母：d。它的顶部扁扁的，好像什么人躺在上面把它压扁了，还有一个 h，笔画的末端弯弯曲曲的，我真好奇，这些字是怎么写出来的呢？一般人可不会把字写成那样，太有难度了！

劳拉比我看得快得多，她忽然停下来，激动地用手指戳着电脑屏幕上某一位置："贝格尔号，贝格尔号！"她尖叫着，"我想我们终于发现什么重要的东西了！"

"等等！"我脑子里有什么忽然闪过，"等等！我想我们可能忽略了什么重要的东西！"说这话的时候，我的大脑在飞速运转，想着怎样表达自己的意思。劳拉开始在椅子上扭来扭去，椅子发出咯吱咯吱的声响。

"劳拉，"我很慢很谨慎地叫了她一声，劳拉向我这边靠过来看着我，等着我接着说。我停了一下，一字一顿地说："我—见—到—过—这—些—字。"

"什么？你见过这些字？"

"这样的字体，我是说这些手稿上的字体，跟我们平常见到的都不一样。或许原先人们写字都是这种风格，但是，这些字和我见过的那些字绝对是一个人写的。你知道的，我能辨认出很细微的不同，我几乎过目不忘。"

"我相信你。"劳拉点点头说。

我们继续往下看，谁都没有再说话，一页一页翻看着那些清单和笔记。

"要停止的时候你说一声。"劳拉轻轻地说。

我点点头，我们都屏住呼吸，眼睛飞速浏览着。表格很长，"瓦斯"真不愧是记笔记冠军。突然，我们俩同时眼前一亮，网上赫然出现一溜大字：随"贝格尔号"航行期间的野外工作记录本。

"是野外工作记录本。"我说。

"哦——"劳拉呼了口气，好像绷紧的神经终于放松了下来。

这些野外工作记录本的本子上列举了很多南美洲的地

名，这些名字我在研究那个旧本子的时候看见过：里约热内卢……布宜诺斯艾利斯……瓦尔帕莱索……

看到这些地名，我有一瞬间的呆愣，然后，紧接着，我觉得整个世界都停止运转了。

《“瓦斯”公报》：第 16 期

The Gas Gazette：Issue Sixteen

一份关于神秘灵魂的免费报纸

❖有一个惊天的秘密，22 年来，我没有告诉过任何人，独自守着这个秘密。

❖我认为这个世界还没有做好迎接这个秘密的准备。

❖那是一段漫长的时间。

我是谁？

敬请期待下一期！免费的！

就是它了！

This Is It

“祖米？”劳拉的声音在我耳边响起，但是我却觉得那么遥远，仿佛有一层透明的屏障隔在我们中间，她在外面，我在里面。

我顾不得其他，只是重复读着三个单词：**加拉帕戈斯群岛、大溪地、利马**。这几个单词后面，是一个本子封皮的照片，是我见过的那个本子，我一眼就认出了封皮上那个撕毁了的标签。我目瞪口呆，几乎不相信自己看到的。我的嘴张张合合，想说什么，却什么也说不出来。你有过这样的感受吗：忽然发现自己正经历着非同寻常的事件，巨大的冲击让我们回不过神儿来。这就是我此刻的感受，被各种情绪淹没了：震惊、希望、悲伤。在这一股脑儿的思绪翻涌过后，我终于冷静下来，意识到这样一个事实：我发现了达尔文的一个笔记本，这个笔记本的内容是关于加拉帕戈斯群岛的。这个笔记本原来应该是收藏在某一个图书馆里的，否则的话网上不会出现这些清单。

“假的？”我憋了半天只蹦出这么一个词。

“啊，什么？”劳拉问。

我顾不上回答，眼睛仍然在页面上飞快浏览着，然后我看到了下面的信息：如今下落不明……1969 年剑桥大学图书馆曾将其拍摄在微缩胶卷上留存收藏，笔记本原本已丢失，据猜测，应是于 1983 年左右被盗……我从没想过我竟然会经历这样的事情。我仿佛看到无数烟花炸开，大脑一片空白，身体好像飘浮在空中，找不到着力点……

劳拉看出我的异常，有些担心地拍了拍我的胳膊，但我却觉得这胳膊好像不是长在我身上似的。我想点击那个封皮照片，看看更多的内容，但是手却动不了。劳拉总算看出来我一时半会儿回不过神儿来，于是将手伸过来，一把拿过键盘和鼠标。劳拉点击进去了，我看到了所有的内容，她一页一页往下点，我飞快地看着。

终于，我能说出话来了：“就是它！它曾经在我这里，在我这儿！达尔文的笔记本曾经在我这儿！”

《“瓦斯”公报》：第 17 期

The Gas Gazette：Issue Seventeen

一份关于神秘灵魂的免费报纸

❖我保守的秘密和人类的起源有关，通俗点儿说，就是人类是怎么来的。

❖为了证明我的理论，我不停地收集证据和数据，而这些几乎唾手可得。我从那次环球航行收集的物种开始着手研究，并一发不可收拾。我给千里之外的学者和权威写信，问很多我想不明白的问题。即便是在家里的后院，我也能找到很多支持我的理论的证据，而且都是活生生的例子。我越深入研究，就越觉得，我可能发现了一个极其重要的理论。

❖我的妻子有很坚定的信仰，这信仰伴着她长大，并且在她爱的人离开这个世界后给予她希望和抚慰。

❖但是我的观点和她的信仰是水火不容的，我发现的理论完全颠覆了她从小就坚信不疑的信仰，这让我们很苦恼。我真的不想因为我发现的这个秘密而使别人受到伤害。

❖我相信这个理论迟早会被人类知晓，这只是时间问题。但同时，我希望这个秘密能以一种恰当的、易于被人接受的方式公之于众。

❖经过多年的考虑之后，我把这个惊天的秘密告诉了我的一位朋友，并告诉他，解释生命的本源之迷让我很有负罪感，因为它必将会引起很多人的恐慌和不安。

❖守着这么一个惊天秘密生活真是一件痛苦的事情。

❖有的时候，守着真理并不能让艰难的生活变得轻松闲适一些。

我是谁？

敬请期待下一期！免费的！

太阳从西边出来了！

Turtles with Wings

我们还没有冷静下来，科鲁兹太太就走了过来，委婉地问我们是不是想到外面玩一会儿。也难怪，刚才我们一惊一乍的，估计是把周围的人都惊动了。我们沉浸在巨大的震撼中，当然也没注意离我们不远处，那个坐在扶手椅里的男人站起来并悄悄走了出去。我仍旧处在极度的兴奋和巨大的遗憾中，劳拉相信我所说的一切，我不知道她为什么会如此相信我，但她就是相信了。

"你知道我现在的感觉吗?"我问道。

"什么感觉?"劳拉反问道。

"一想到达尔文随身携带着那个笔记本并触摸过那本子的每一页，然后在将近170多年后，我也一页一页翻看和触摸过，并且我们都在尝试解读和弄明白我们看到的内容，我就觉得这个世界真是太奇妙了！"

"的确如此。"劳拉点点头，表示能够理解我的心情。

然后我告诉她，每当爷爷觉得不可思议的事情发生了，都会说的一句话：太阳从西边出来了。

"很贴切的话。"劳拉微笑着说。

我点点头。一阵兴奋过后，痛苦紧跟而来：天哪，我不仅把达尔文的笔记本弄丢了，而且除了我当时的那些记录外找不到任何的证据。谁会相信一个12岁的孩子说的话呢，而且这个孩子基本上看不见。劳拉瞬间就明白了我为什么痛苦，因为我们不仅都属于“一方父母不明”的孩子，而且我们有相近的思考方式，我们是一国的人。

“我懂，这让人很受伤，毕竟，谁会注意两个孩子的话？但是，我想我们可以这样做：把我们的《“瓦斯”公报》尽可能多地发往达尔文的故乡——英国。这样，他们就会明白我们不是开玩笑，我们是严肃而认真的研究者，我们在客观陈述已经发生过的事实，把所有的秘密都公告天下，即使他们不相信我们，又怎么样！”

“嗯，没错，这些秘密……”

“很多人说，达尔文在加拉帕戈斯群岛的所见所闻促使他开始以一种全新的视角思考，并引导他逐步形成伟大的思想和理论。”

“真的吗？”我问道，我读的书没有劳拉多，因此她知道很多我不知道的。

“是的，这一点绝对不会错，加拉帕戈斯群岛也是因为达尔文才被人们知道的。我们的《“瓦斯”公报》一出现，咱们的朋友‘瓦斯’很快就会成为名人的！”

“这样一来的话，相当于我们把一本失踪很久的极其重要的笔记本复制了很多份发放出去。”我说，这感觉有些奇怪，“我们会得到什么报酬吗？”

劳拉沉默了一会儿，然后耸了耸肩。我想那时候我一定像一只泄了气的皮球，因为劳拉接着补充道：“嘿！别沮丧，打起精神来！那个笔记本毕竟曾经在你的手里，这就已经很好啦！我觉得去探索和发现一样事物比简单地拥有和保留一样事物重要多了。而且，或许探索和发现才是决定最终结果的关键。”

“也许吧。”我看了看自己的手说，然后从口袋里掏出我的记事本，用紫色钢笔写下一行字：不可思议的经历。

这让我感觉好多了。劳拉点了点头继续说：“我会好好想一想，然后开始行动，我会列一个清单，告诉自己每一步该做什么。”

“我从我们家给你拿几个本子和几支笔吧，我们家有好多。”我说。

“好的，谢谢！”劳拉说。

“紫色代表着信任。”我补充道。

当我再次看向刚写下的那行字的时候，整洁的几个字忽然变得模糊了，好像被风吹走了。

种土豆

Planting Spuds

听到两个孩子谈话的那个男人，被男孩子透露出来的信息震惊了，他以最快的速度离开了小镇。

从图书馆出来后，他马上给警察局打了电话，说因为工作原因他必须回家，并把自己的电话告诉了警察，然后认领出那辆福特小卡车。等回到小旅馆，他支付了住宿费用，甘德太太给了他一块新鲜的胡萝卜松糕，让他在路上吃。这一切将伴随着他的离开而结束。但是，他为什么感觉不到一丝轻松和愉快呢？他一直希望自己能跻身上层社会，现在，他的愿望就要实现了，但是……当开着车经过大片大片的玉米地时，他将车窗摇下来，夏天的声音和味道扑面而来，让他感到悲伤，很悲伤。蓝色、黄色、绿色、白色，蓝色、黄色、绿色、白色，蓝色、黄色、绿色、白色……单调而乏味的不断重复的颜色，就像生活。眼泪忽然涌上眼眶，他想起了奶奶常说的一句话："别忘了种土豆，这样你就不会感到难过。"那时候他不明白这句话的意思，现在，他懂了——在合适而正确的时间，做最基本、最简单的事情，心里就会踏实。

他将自己卷入了什么样的旋涡？他原本生活得好好的。他有一份薪水丰厚的工作，但那样的日子是他想要的吗？他想起自己在迪伯恩的公司墙上看到的话：适者生存是一场你死我亡的游戏，谁能成为最终的赢家？忽然，他又想到了小镇上那两个孩子，没想到那样的两个孩子能够成为朋友，他们一起坐在电脑前，发现了一个重要的秘密，但是没有人相信他们。甚至，在那场大火过后，那个男孩儿的家能不能撑过去都还是个问题。

他没想放火烧掉那家店，在破门而入后，他翻找了一会儿，然后听到有人来了，就赶紧扔掉手中还没熄灭的香烟离开了，离开时很惊慌，什么也没来得及拿。他觉得盒子里贵重的东西肯定被那家人藏起来了，店里没翻着，一定就在他们家里。于是从店里出来后又跑到男孩家里，正好看到那个男孩子大半夜的抱着什么东西藏进杂物间里。等大火着起来，人们都跑去救火的时候，他进入杂物间，找到了这个笔记本。由于这家人出去的时候很匆忙，门都没有锁，于是他把家里里里外外又翻找了一遍，只找到这个笔记本，大小正好能放进他曾经运送的盒子里，应该就是它了。可怜的孩子，他想。

车子仍然在路上快速行驶着，那个男人想，如果他把这个笔记本送回去，对那一家人应该会有所帮助。他被自己这个念头吓了一跳，暗自咒骂着：该死的，你在想什么，这不符合适者生存的游戏规则，打住！不要再有这种不切实际的念头！他希望昨天邮寄的包裹能安全抵达底特律，千万别出什么差错。他要是知道这个笔记本这么珍贵，说什么也不会发平邮的！他真是太幸运了！那两个孩子竟然给了他这么大一个惊喜，如果把这个本子转手卖掉的话，他会得到一大笔钱，一辈子都不可能赚到的钱！所以，他还有什么不高兴的，生存本就不是容易的事。

他皱了皱眉，然后腾出一只手擦了擦眼睛，狠狠踩下油门……

融化的玻璃和蓝色的手指

Melted Glass and Blue Fingers

接下来的日子里，没有奇迹降临来帮助爷爷奶奶，家里总是静悄悄的，太静了。

“警察已经找到那辆车的失主了。”一天早上嘉珀斯对我们说，“失主叫韦德·芬纳，在镇上的时候就住在甘德太太家的旅馆，我想他可能就是来我们店里的那个男人。”

“啊，是吗?”我装出一副很吃惊的样子问道，心里却迫不及待想告诉劳拉那个男人的名字。

“他们没有直接的证据指向他，但是很明显，他车上的那个盒子应该是受人之托运送到什么地方的。算了，说这些也没用了，反正他已经走了，巴克艾还有我们这次真是倒霉透顶了。”

“或许还没有那么糟糕吧。”我说，但嘉珀斯只是叹了口气。

我想马上把查出来的笔记本的信息告诉他们，但估计他们不会当真的。毕竟，即便他们相信我说的是真的，但查尔斯·罗伯特·达尔文一本丢失的笔记本在我们这个小镇又能有什么用呢?更何况这个本子还是裹在一块旧毯子里，装在一个破旧的盒子里，放在巴克艾偷来的那辆小卡车里。但我交了劳拉这个好朋友，这让他们从心底感到高兴。劳拉和我每天都在图书馆忙碌，忙着《“瓦斯”公报》的事情。巴克艾的烧伤也逐渐好转，并且在进行强制戒酒，大人是这样说的。对很多发生过的事情他一点印象都没有，爷爷跟我解释说，很多酗酒者都会出现这样的问题。听爷爷这样说，我马上暗暗发誓，以后绝对不成为酒鬼！

我和爷爷在菜园里浇水，爷爷跟我说起了这个让人不怎么舒服的话题："酒精会让你有短时间的愉悦感，然后，会影响人的情绪，让人暴躁易怒，最后侵吞人的理智，喝醉的人往往不记得自己说了什么、做了什么。"说完，他叹了一口气。我忽然想起上一次巴克艾在图书馆威胁我的那番话，觉得自己真傻，一个酒鬼的话怎么就当真了呢，说不定他只是喝醉了，连他自己都不知道在干什么呢。

"那他会怎么样？"我担心地问道。

"现在还不知道。"嘉珀斯说，"巴克艾做了很多错事，给很多人带来了损失，但是根据法律规定，有些事情可以不走司法程序，通过支付受害人一定的赔偿解决。"

"哦。"我应了一声，这听起来不算好消息，因为我们没有那么多钱支付给人家。我接着问："他们找到起火的原因了吗？"

"没有，我想可能他们永远也找不到原因，因为那大火燃烧得太突然，而店里的东西又那么干燥，所有的一切都烧成灰烬了。警察们已经对那些废墟进行了地毯式搜索，目前为止没有找到什么有价值的线索。"爷爷的声音听起来疲惫而悲伤，我立刻后悔自己问了这样一个问题。

"哦，这样啊。"我轻轻地回应了一句，然后又问，"巴克艾会不会回家和我们一起住？"说到最后，我的声音有些短促和尖利。

"这个你就别担心了。"嘉珀斯声音有些粗哑地说，"船到桥头自然直，事情总会有解决的办法的。”

我努力不去想这个问题，只要一想到要和这个可能，也许是我爸爸的年轻人一起生活，我就感觉不寒而栗。我陷入自己的思绪时，爷爷就像发了疯似的，机械地工作着。午饭过后，爷爷就穿着厚重的靴子，扛着耙子和铁锹到镇上去，在烧毁的废墟里挑拣一些东西回来，每天午饭过后他都会去。爷爷带回来的东西已经被烧得面目全非了，但是对于我们来说也是很珍贵的。奶奶将它们排列在走廊的窗台上：一块被烧化的玻璃，重新凝固后变成了南瓜形状的一块东西；一个盘子，上面还粘着一副古老的眼镜，大火将这两样没有关系的东西连在了一起；大块的马蹄铁，此时点缀着小木片等其他物品。劫后余生的“幸存者们”，承载着各自的故事。嘉珀斯不是轻言放弃的人，他说在把所有的东西整理好之前，他是不会休息的。他会把那片属于我们的土地清理出来，整理干净。那些有反铲和自卸卡车的人们也来帮忙，一堆堆烧焦的木头和变形的金属被铲起来运走。

“我们接下来做什么？”我问。爷爷奶奶不允许我跟着去，因为那里的地上到处都是危险的、锋利的东西。

“我还没有什么想法。”爷爷说，“但这是咱们的小镇，咱们的家，我们总要在这里做些有助于自己，同时又有益于别人的事情。”

自从大火过后，邻居总是不时到我们家串门，送一些做好的鸡肉和砂锅菜什么的。我们的店铺是 7 月 3 日着的火，那一周我们小镇上没有一家人放鞭炮，这是一个安静的假期。同时，大家也都知道了我们家得不到保险赔偿的消息，这个消息传得很快。平时我们与大家交流并不多，但是这件事发生后，大家都来帮忙，让我们觉得并不孤单，很温暖。

我们三个开始更努力地工作，几乎都没有时间去悲伤和沮丧，我把自己的清单写得尽可能的详细和整洁，并且满满当当的：

把湿衣服晾好

整理好所有的床铺

到图书馆和劳拉会合

……

奶奶则是一刻不停地做着点心，并且每天都卖出去很多。我想盛蓝莓酱的罐子肯定都已经空了，她的手指都被蓝莓染成灰蓝色的了。我跟她开玩笑说，她马上就会变成一只变异的甲虫了，奶奶笑着用擦碗的毛巾轻轻打了我两下。我还有一个秘密没有说，那就是对那名嫌疑犯的追查。劳拉和我决定先不告诉任何人，因为如果我们现在说出去，只会给人们带来恐慌，还不如不说，我们自己悄悄进行。我们在图书馆一如既往地紧张忙碌着。我们有一个很坚定的信念，只要我们坚持对达尔文的研究，不停发现新的信息并将之分享，就会有意想不到的事情发生。就像园丁，撒下种子后，只要辛勤灌溉，总会有收获的一天。

星期三的惊喜！

The Wednesday Surprise

一天中午，我们吃完饭后，嘉珀斯收拾好碗筷，洗好盘子后开始刷碗，刷着刷着忽然停下来大声说："这个先放着，过会儿再刷吧，我要出去一趟，你们谁要跟我一起？"

他一说这话，我和奶奶就知道肯定有什么事情，于是赶紧收拾好向后门走去。我们三个在人行道上走着的时候，我不禁想起上一次我们三个走在一起的情景，或者说差不多走在一起，因为爷爷已经将我们俩远远落在后面了。今天，我视野中模模糊糊的一切看起来都让人愉悦：知更鸟蓝色的蛋，浓郁的无处不在的绿色，阵阵微风拂面，让人心情好得不得了，觉得一切都会好起来。我们穿过铁轨，离一块空地越来越近，然后，嘉珀斯停下脚步说："好了，我们到了！"与此同时，我听到嘉姆发出一声惊呼："哦，天哪！"声音中充满喜悦。

"怎么了，怎么了？"我急切地问道。这片曾经是我家店铺的空地发生了什么我看不清楚，只是影影绰绰看到有不少物体在移动。

"看看这儿，你就知道了。"爷爷指了指他竖起的一块牌子，上面写道：

谢谢大家这段时间以来对我们的帮助。

请随意在这块土地上进行交易。

我们将免费为大家提供场地。

每个星期三下午作为张伯伦古董店的交易日。

嘉姆将上面的文字大声读完后，兴奋地拍了拍手："你真是太出人意料了，阿什·贝克·张伯伦！"

我们在周围逛了一圈儿，人们在用自己种的东西和拥有的东西和别人进行交换，讨价还价的声音不断传来。嘉珀斯把我带到一个角落，那里有他搭起来的一条木板桌，旁边放着一个箱子，当作椅子。爷爷说："祖米，我想你会对记录这些交易成功的物品感兴趣，所以我专门买了一个新本子给你，你可以记在上面。"

这是一本全新的账簿，旁边还放着2支紫色的钢笔。"我很愿意做这个工作，我能让劳拉来帮忙吗？她也很喜欢这样的工作。"

"当然可以。"爷爷微笑着说，"如果她能来帮忙就再好不过了。"说完，他就又去找箱子了，而我则去图书馆找劳拉。下面这张清单就是那天下午我和她记录的：

1袋子冬靴=1蒲式耳四季豆(1蒲式耳约等于35升。——译者注)

1台制作冰激凌的机器=1个南瓜饼和1个意大利馅饼，可以冷冻

1大摞《国家地理杂志》=1件带帽子的皮质大衣，帽子周围有软毛

1个孩子玩儿的弹簧单高跷=1个车载安全座椅

1套床单(从标签来看，应该是新的)=4把切肉排用的刀

2把铲雪用的锹=6个上过釉的花盆

自从那场大火之后，这是爷爷奶奶头一回这么高兴。在这个交易场所里，所有人都在看有没有自己中意的货物，交易的双方也都友好地交谈着。在这片废墟里、在我们家、在榆树街这排老店中间，什么东西正在悄然萌芽，一切都在往好的方向发展。忽然，一个孩子手里举着一份《“瓦斯”公报》来回跑着，问周围的人，有没有人知道报纸里说的“神秘的灵魂”是谁。然后，我听到甘德太太说：“我想这份报纸还会连续出，你可以在图书馆的书里或者《南郡公报》的报纸里找找，它们就被夹在里面。我已经读过三期了，还在寻找其他期，我在想，这报纸描述的人真的存在吗？”

“不，我认为上面说的那个人肯定不存在。”立刻有人回应。

“如果真有这么一个人呢？如果猜对了，会不会有什么奖品啊？”一个孩子的声音欢快地响起，“你怎么知道没有这样一个人，你只不过没猜出来。”

我和劳拉对看了一眼。“一份奖品？”劳拉轻声重复着。“好了，咱们这下有麻烦了。”我悄悄跟劳拉说。

《“瓦斯”公报》：第18期

The Gas Gazette：Issue Eighteen

一份关于神秘灵魂的免费报纸

❖在经历了数十年的不停研究和记录后，有一天，我收到了另一位自然学家的信，他是我的一位朋友。在信里，他提到了在解决生命之谜上遇到的困境，和我一样的困境。为解决神秘的生命之谜，我多年来一直不停地搜集证据和数据。现在，我已经就要触摸到真相了，但我却不知道该怎么做。

❖我疯了一样地写作，最终将我的理论集结成书出版。我的书掀起了滔天巨浪，我“一夜成名”。但我仍旧只是待在书房里，哪儿也不去。

❖很少的几次公开露面每回都让我很紧张。没错，我一紧张胃里就翻江倒海，只能冲到洗手间一顿狂吐。

❖我一直在用心写作，也知道将书中的思想传播开来的重要性。但是，因为我的观点引起的争论让我感到沮丧和不安。

❖尽管我不同意，但我并没想过去抨击关于生命之谜的其他理论。

❖我也曾尝试着去了解其他理论，看是否能找到与我的理论相通的地方，但是徒劳无功。

我是谁？

敬请期待下一期！免费的！

收集猜想的盒子

A Can of Guesses

“我有主意了！”第二天在图书馆一见面，劳拉就挤到我旁边，在我的棒球帽帽檐上用力敲了一下，兴奋地说。帽子被她敲歪了，我正了正帽子说：“我也是，有点想法。”然后从桌子底下拿出一个盛咖啡的罐子，上面还有一张便签，被我写上了“《“瓦斯”公报》猜想”6个大字。罐子的顶部有一个口子，我解释说：“人们可以把他们猜到的写下来，标上姓名和日期，然后放进这个罐子里。”

我说完，劳拉高兴地跳了一小下并且拍了拍手，落地的时候正好踩到我露在拖鞋外面的脚趾头上。“你的主意太棒了！我是这么想的，谁要是猜对了，谁就可以写一期《“瓦斯”公报》嘉宾版，而且可以署名。这些嘉宾版的报纸也会放进咱们寄到英国的包裹里，寄到达尔文的家乡，你说怎么样？”

“很不错！”我一边回答，一边活动了一下我的脚趾，看它们是否还能动，“你看这么办怎么样：那些写了嘉宾版《“瓦斯”公报》的人有权决定印刷好的报纸放在什么地方，他们甚至还可以把《“瓦斯”公报》寄给亲戚朋友，这样一来，《“瓦斯”公报》上说的故事就会在美国甚至世界传播！”

“这主意太棒了！祖米！你真不愧是‘智多星男孩’！”劳拉高兴地蹦了起来，两只手臂高高地挥舞着，连我的帽子都被打飞了。“哦，对不起！我今天下午老是打到你！”她嘻嘻笑着，然后看到地上的东西，“嘿，你椅子底下是什么？”

“这是我的‘危险的盒子’。我觉得用它来保存我们的工作成果挺合适，就把它收拾出来了，我奶奶还在盒子里垫了层蜡纸。”我把盒子递给劳拉，它闻起来仍然有一丝烟花爆竹的味道。劳拉把它接过去，很赞地凑近闻了一下：“很不错啊。”她点了点头，然后把一摞《“瓦斯”公报》放进盒子里。

接下来，我们投入了新一轮的工作，搜集更多《“瓦斯”公报》的内容。下午很快就过去了，我和劳拉离开图书馆前找到科鲁兹太太，问她我们能不能把那个罐子和盒子寄放在她那里。她同意了，并且跟我们说，晚上，她会把它们锁在图书馆那个老旧的银行金库里。她知道我们家暂时遇到了很大的困难，因此很热心地提供帮助给我。她让我们使用图书馆的打印机和纸张，而且替我们保守秘密，我们做的这些事情，她没有告诉任何一个人，尽管一开始她得知我们做的事情是真实而且充满秘密的时候，震惊得差点跳起来。

“你们在做的可是大事啊！”她不只一次这样自言自语道。那天下午，我们是蹦蹦跳跳地走出图书馆的大门的，《“瓦斯”公报》正以自己的方式在小镇上日趋活跃，我也对进化论有了更深的了解：生命的产生取决于很多因素，既是偶然的，又与自然环境相关，同时还要靠运气，真是一个神奇的过程。

我也开始学着换一个角度看那些已经发生过的不幸的事情。如果那个笔记本没有被偷走，《“瓦斯”公报》不会做得像现在这样好；如果我们家的店没有遇到资金周转的困难，我不会这么努力，也不会这么快就发现那个神秘本子的珍贵之处；如果我们家的店没有着火，虽然想一想都让我感到难过，但是我不得不说，如果店铺没有着火，我们也不会发现，原来周围有那么多热心的邻居和朋友。所以说，好事和坏事，往往都是相随的。

是福还是祸？

The Good-Bad Tangle

如果让我把那个夏天发生的好事情和坏事情列一个单子，我估计会把美国中部地区所有的紫色墨水都用光的，这可不是夸张，因为我已经用了不少了。在我记录的过程中，我发现一个有意思的事情，用中国人的话来说，可以叫做：福兮祸之所倚，祸兮福之所伏。应该是这句话吧。所以，好的事情和坏的事情在我的脑子里纠缠成一团，没有清晰的界限，它们两者经常互相转换，真是奇怪啊！以巴克艾的事情为例，他的前两次出现毫无疑问给我们带来了惊恐和不安，而且他触犯的法律让我们吃惊和恐惧。但是同时也让我开始为他难过和担心，觉得自己应该承担起一些照顾他的责任。我想爷爷奶奶肯定也会这么想，而且觉得他们应该承担更多照顾他的责任，让他的人生少犯错误。再比如我和劳拉暗中调查的那个有嫌疑的男人，他逃跑了，说不准他从此就可以获得自由，并且名正言顺地拥有那个笔记本。但这也更加坚定了我还巴克艾一个清白的决心，因为如果不能真相大白，巴克艾将会被关进监狱，而真正的肇事者则会逍遥法外，并且有可能摇身一变成为名人，而这是不公平的。所以，我必须更加努力工作，尽快将事实调查清楚，让所有人都知道真相。

再举一个好事变成坏事的例子：发现那个旧盒子里的旧

笔记本，并请求留一两个晚上在我那里。一开始，这看起来好像是一件很幸运的事情，并且让我和劳拉开始了对达尔文的研究。但如果当初我们没有打开那个盒子，保持原样，或许我们家的店铺就不会被烧掉。所以说，发现那个笔记本是好事还是坏事呢？当然是坏事，可同时也是好事。如果那个狡猾的男人没有在我们家的店铺里发现那个已经打开的盒子，会怎么样呢？他还会监视我们家，并且在杂物间找到那个笔记本吗？我们家的店铺那天晚上还会着火吗？如果我从来没有仔细研究过那个笔记本，我和劳拉也没有弄清楚是谁写了这个笔记本，又会怎么样？我没有办法将好的事情和坏的事情截然分开，因为它们是一体的，不能分开。但是有一点我是肯定的，那就是一定要拯救那个笔记本。我们家的店铺已经不可能拯救了，但是那个笔记本，还是有机会的。

这时，视力的好坏已经没有多大的影响，因为有的事情用眼睛是看不出什么的，只有用心才能发现更多。事情总是在不停变化，这些变化必须用心去感知而不是用眼睛去看。有的时候，一个全新的发现可能并不是一件让人愉快的事情，而一件让人高兴的事情也不见得就是一次全新的发现……我发现自己开始像一个辩证论者那样思考问题了。

然后，劳拉带来了我意想不到的消息。

“鬼鬼祟祟”的劳拉

Something Sneaky

“祖米!”

“什么事?”

“有一件事，我必须跟你说。”劳拉坐在图书馆外面的长凳上，身子扭来扭去，想说什么又犹犹豫豫，这让我很不舒服，开始胡思乱想:“你要离开这儿回城里吗?”我把我想到的最坏的结果说出来。

“不，不回去，但是我做了一件不是很光明正大的事情，而且这件事我一直没跟你说，但现在不得不说了。”

“到底，是什么事情?”我问道，心里七上八下，无数可能性向我涌来。

“你还记得吗，那天下午咱们去邮局，那时迪瑟先生说头天下午就已经把所有的邮件都发走了。”

“记得啊。”此时我开始紧张，特别想敲下巴，但拼命忍住了，只是拿出笔和本子，写下“**劳拉说**”几个字。劳拉等我写完便接着说:“那天妈妈从图书馆接我回家，在回家的路上，我让妈妈在邮局外面停一下，我跑进邮局并跟迪瑟先生解释说，我想给你家一个惊喜，看他能不能追回昨天下午发走的那个包裹。他说他已经给分拣处打电话了，觉得应该没有问题。”

“真的吗?”我问。

“是的。然后，第二天我再去的时候，迪瑟先生交给我一个小包裹，从那包裹的大小来看，应该没错。那上面写着‘韦德·芬纳’，还有一个底特律的街道地址。迪瑟先生说他必须先给邮寄包裹的人打电话说一声，告诉他这件事情。

“哇!”我呼了一口气，然后问道，“那你为什么不跟我说呢?”

“因为我觉得这件事我做得有些不够光明正大，这样做不是很对，所以没跟你说。但是我真的想送给你一件最好的礼物，比如这个笔记本，当它送到你手上的时候，该是多么大的惊喜啊！可是，当我意识到它可能给更多的人带来麻烦时，我决定先保守这个秘密，跟我妈妈商量一下再说。”

“那你妈妈是怎么说的?”听劳拉说完，我感觉好多了。劳拉没有做错什么，她的出发点是好的，只是后面可能引起不少麻烦，但这在所难免。

“我走出邮局回到车里，把所有事情都跟妈妈说了。我告诉她，咱们对那个狡猾的男人的怀疑，于是，她和我一起下车，到邮局去找迪瑟先生，他正在为这个包裹焦躁不安，不知道该怎么办才好。妈妈跟迪瑟先生说，包裹里很可能是一个很珍贵的笔记本，对于张伯伦家族有很特殊的意义。迪瑟先生的手指开始飞快地敲打柜台台面，然后指了指旁边的一张纸条，那是一张确认条，上面写着邮寄包裹的人的联系方式。‘我已经给这个人打电话并留言了，如果他回电话的话，我会及时通知你们。’他说。然后我急了，跟迪瑟先生说这个人可能是个罪犯。听我这么一说，可怜的迪瑟先生更困惑、更忧虑了，他说：‘但我也不能把包裹给你，这也不是你们的。’于是我说，这也不是那个男人的啊！然后迪瑟先生说：‘如果这个本子是他买的，为什么不是他的呢?’我接着说，这个本子不是买的，是那个男人偷的！我说完这话，就见迪瑟先生的手指头发了疯似的飞舞着。”劳拉一口气说完，终于停下来歇了口气。

“哇！可怜的迪瑟先生！”我想象着他将这个包裹拿给我爷爷奶奶，然后爷爷奶奶又递给我。我觉得自己的形象瞬间高大了起来：“劳拉，你真是我最好的朋友！”

“你先别高兴，事情还没完呢。”劳拉说，“我和妈妈离开后，迪瑟先生给警察打了电话。”

“警察？”我的心开始往下沉。

劳拉点点头：“警察今天来找我妈妈，想了解一下情况，我们才知道包裹原来已经交给警察了，并且一直在警局。同时，迪瑟先生说邮寄包裹的那个人，就是韦德·芬纳，给他回了电话，听起来芬纳先生很生气，在电话里就对迪瑟先生破口大骂，这也让迪瑟先生非常生气。我妈妈安慰了他一下，但是我觉得很难过，我惹了这么大一个麻烦，妈妈也很担心，不想让我们陷入任何危险。”

“那你跟迪瑟先生还有警察说没说过，这个笔记本有可能是达尔文的？”

“没有，我都没和妈妈说，我觉得现在还不是时候，我只告诉他们，这个笔记本很重要而且很脆弱。现在，警察要找每一个人谈话。”

现在看来，好像所有事情都即将解决了，但是我还是觉得有点伤心，还有一丝愤怒。不是对劳拉，而是对社会规则的愤怒，因为按照现在的规则，这个笔记本不能算是我的，即便是我拯救了它，然后劳拉又一次拯救了它！我拯救自己家庭的梦想破灭了，而这个梦想距离成为现实只有一步之遥，而曾经也有可能，我会获得极为耀眼的荣耀……而这一切，都随着笔记本的消失破灭了，这种感觉就像，有人给了我一个美味的奶酪汉堡，可等我把嘴张大，再张大，马上就能咬到它了，却被人抢走了一样。可现在……现在，我忽然得知，那个笔记本还在三棵橡树小镇，这让我有了一股想把它抢回来的冲动。

想到这儿，我忽然有些惭愧，慢慢地说："或许，我和那个狡猾的男人并没有什么不同。"

"啊？"劳拉没明白我的意思，问道。

"贪婪。当我知道那个本子就在附近，我忽然就想把它据为己有，因为，我觉得这是我的发现，这个想法让我觉得自己和那个男人一样贪心。"

"嗯。"劳拉叹了口气，"是让人感觉有点儿受挫，但是不要忘了，咱们是调查记者，你、我，还有'瓦斯'。咱们的目的是发现，不是占有。"

我点点头，劳拉是对的："劳拉，你真是一个了不起的女孩儿！"我说，然后我们俩拥抱了一下，相互拍了拍后背。在接下来的5分钟里，我们只是静静地坐在长凳上，谁也没有说话。有的时候，只是这么肩并肩坐着，也挺好。

《“瓦斯”公报》：第19期

The Gas Gazette：Issue Nineteen

一份关于神秘灵魂的免费报纸

❖我写了很多关于生命起源的书，想把生命到底是怎么来的，又是怎么发展到现在这个样子的搞清楚。

❖为了弄明白上面的问题，我做了数不清的实验。

❖我收集并解剖藤壶（藤壶是附着在海边岩石上的一簇簇灰白色、有石灰质外壳的小动物。——译者注）。

❖我喂养鸽子并观察它们。

❖我被兰花和食肉植物深深迷住了，每当那些食肉植物捕捉到昆虫或我扔进去的一小块儿肉并吃掉它们，我都感到深深的惊奇。

❖我在饼干罐子里种植那些多刺的、开花的攀爬植物，并且在房子周围不断移动它们，有时我会和它们说话。

❖我关注孩子们的成长并且学习研究动物的习性和行为，特别是猩猩，它们的很多行为和人类很相像。

❖我曾经把盛着虫子的容器放在钢琴上，然后让妻子弹奏几个音符，我观察它们的时候发现，它们对钢琴发出的震动很反感，但是对其发出的声响却没什么反应。

❖我不知疲倦地实验着。有人曾说过这样一句话：在我尝试过以前，我绝不会放弃。我觉得我也是这样：只要脑子里有疑问，就千方百计寻找答案。

❖尽管有的问题始终找不到答案，但我不会因此就放弃寻找。

❖越有挑战性的问题越有魅力，你觉得呢？

我是谁？

敬请期待下一期！免费的！

一份礼物

A Gift

那天下午，我们来到了三棵橡树小镇的警察局，警察一共叫了6个人来协助调查：嘉珀斯、嘉姆、我、劳拉、劳拉的妈妈和迪瑟先生。纳博警官，在我家店铺着火前和着火后都来过我家的那位警察，将我们迎进警局后面的那间屋子。巴格警官是我们当地的警察，负责接听门口旁边的电话。见我们进来，他并不介意，反而有点兴奋，可能是平常的日子太无聊了，终于有点新鲜的事情可做了。

“首先，我非常感谢大家的配合。”纳博警官说了一句很正式的开场白，我们都点了点头，想知道他接下来会说什么。“这个，”他说，我看不清他手里拿的是什么，但我能听到他走路的声音，“有谁能告诉我，这是什么吗？”

嘉珀斯清了清嗓子，然后是一阵椅子嘎吱嘎吱扭动的声音。我听到劳拉咽了口唾沫，她的喉咙发出了轻微的“咕噜咕噜”的声音，我也受到了传染，情不自禁地咽了口唾沫。

“嗯，我想，祖米和劳拉可能知道这个本子的一些事情。”爷爷终于说话了，“但是我不确定我们知道的消息是不是准确。”

“你打开过它吗？”我问纳博警官，“如果这个是我们丢失的那个笔记本，那要证明是谁写的这个本子就很容易了，在网上就能查到。”

“但是，”纳博警官慢慢地说道，“咱们现在都在这里坐着呢，不可能上网，但是结束这场谈话后我会考虑……”然后，这间屋子陷入一片寂静，没有人说话，但是我能听到，桌子的一头传来纸页翻动的声音。“小心点儿!”我鼓足勇气开口，“这个本子很旧了，得小心翻。”

然后我听到几声“嗯嗯”的回应声，接着，嘉姆的声音传来:“没错，就是那个本子。”

劳拉从一进来就一直静静地坐在我旁边，听到嘉姆的话后忽然从椅子上跳起来并且拍了拍手，她的椅子发出一声刺耳的声音，她丝毫没注意到:“把那个本子给祖米，他知道得最清楚了!”她几乎是以命令的口吻说这句话的，说完，又高兴得蹦了一下。沙因太太连忙制止劳拉，小声地说着:“劳拉，亲爱的……”但是紧接着有一只大手把什么东西放到了我面前，而这样东西我再熟悉不过了。

“哦……”我激动地把它拿起来，摘掉眼镜，把它举到自己的鼻子前面。我看到了封皮上那三个熟悉的字，此刻看来它们竟是如此美妙。我深深地吸了一口气，闻到了纸页发霉的气息和本子的历史气息。我将本了轻轻而快速地在自己的下巴上碰了一下，“瓦斯”一定明白这个动作的含义，这是告别的一碰。而就在那时，就在那里，我忽然明白，一个人不可能总知道自己前面的路上会有什么，人生总是充满偶然和意外，我不能一直生活在自己的世界里，我应该欣然迎接所有的改变，不再计较一样东西是不是还属于我，这些想法在我脑海里一下子就涌来了，我忽然有一种解脱和放下的轻松感，这个想法就像一道闪电、一声惊雷、一阵大浪，让我瞬间明朗。这想法让我觉得，曾经已经失去的其实并未失去，“瓦斯”是不是也会这么想呢?一定会的吧。有时，人生的一些经历会随着时间的流逝而逐渐淡去，比如我的那些记事本、清单还有天马行空的想象，直到成为生命的一部分。当我拿着达尔文的这个笔记本，我知道，有一些东西我永远不会丢失也不会失去，永远不会。

只是短短的一瞬，我的脑子里就闪过这么多想法，我轻轻说道："谢谢你。"我在对"瓦斯"表达我的谢意，但是纳博警官显然误解了，粗声地说了一句："不用谢，小伙子。"

等我把笔记本递还回去，警察很小心地把它放进一个干净的盒子里。"现在可以跟我们说说事情的经过了吗？"纳博警官说。

于是，我和劳拉磕磕巴巴地说出了事情的始末，包括所有我们记得的细节，从25年前它从英国达尔文的家中被偷走，到它被再次偷走（直到那时，我们才知道这个本子是查尔斯·达尔文的），或者至少是第三次被偷走，所有我们知道的信息，都跟纳博警官说了。听我们说完，爷爷奶奶还有劳拉的妈妈都跟我们道了歉，说不应该不相信我们，我们的这个发现太让人震惊了，迪瑟先生什么话也说不出来，只是重复说着："哦，我的天哪！"嘉珀斯接着向纳博警官表示了歉意，因为当初他没有把车上还有一个盒子（里面装着达尔文的这个笔记本）的事情告诉警察。"现在你们几乎能确定，哦，怎么说呢，那个不知悔改的罪犯的身份了，或许他会很痛快地承认是他烧了咱们家的店，还会说出他是怎样得到这个珍贵的本子的。当然，我不能说巴克艾完全无辜，毕竟，他偷了那辆卡车，但是其他的罪名不应该安到他头上，也不应为他没做过的事受到惩罚。更何况，他还间接拯救了这么珍贵的东西！"嘉姆点点头，表示完全同意嘉珀斯的话。

迪瑟先生的手指和往常一样，在轻轻敲打桌面："幸亏祖米和劳拉来邮局了，幸亏我给分拣处打电话让他们把包裹退回来，哦，天哪，否则的话，它永远也回不来了！”

劳拉的妈妈接着说：“这个消息太让人吃惊了，今天能有机会看到它，该是多少偶然和机遇促成的啊，我是说，如果劳拉没有遇到祖米，又如果他们俩那天没有去邮局……不管缺少哪一样，这个笔记本今天都不会出现在这里，永远都不会！”

“是的，”纳博警官说，“不管怎样，仅凭这个笔记本我们就能给芬纳先生定罪了，同时，我想说，你们在座的每一位，都在至关重要的时候做出了正确的决定，你们都很棒！”他微笑着点了点头，又强调了一次：“你们都做得很好！”

“你们会把这个笔记本还给达尔文在英国的家人吗？”沙因太太问道。

“祖米会写封信，和那个笔记本一起寄过去！”纳博警官还没来得及开口，就被劳拉抢先说了。

纳博警官咳嗽了一声说道：“那封信写好以后，明天给我送过来，小伙子。”

我点点头，此刻，我感到前所未有的高兴和放松。

“哦，祖米，太好了！”劳拉兴奋地说。

“奇迹真的出现了，太阳真的从西边儿出来了！”嘉珀斯喃喃自语道。

当我们所有人站起身打算离开的时候，我听到奶奶小声说了一句：“谢谢上帝！”

祖米的信

Zoomy's Letter

亲爱的达尔文家族：

我叫祖米·张伯伦，今年12岁，住在美国密歇根州只有几百个人的三棵橡树小镇。我们小镇拯救了属于你们的一样东西，这东西很久以前就丢失了，你们可能也认为再也不会见到它了。

然而，因为一系列的幸运偶然事件，还有一系列的犯罪行为（您看完我的信就会明白我为什么这么说了），它得救了！我的爸爸叫巴克艾·张伯伦，在这之前我从来没有见过他。他酗酒，大人们是这么说的，他现在正在戒酒。因为酒精对他的伤害，好多做过的事情他都不记得了，就连有了我这样一个儿子他都不知道。而且，前段时间他偷了一辆卡车，车上有一个很破旧的盒子，盒子里面就是属于你们的笔记本。我们家在镇上的主街道上有一间店铺，叫张伯伦古董店，从有这个镇的时候我们家的店就存在了，可两周前，却被一场大火烧掉了。有一点我可以确定，我们家的店是因为你们家的笔记本被烧掉的。

事情是这样的：前一段时间，消失了十多年的巴克艾忽然出现在家里，他到家的时候已经是晚上了。他吃了一些点心，把一个神秘的盒子放在我家的车库里就离开了。几天以后，爷爷打开了那个盒子，然后我们找到了这个笔记本，被一块旧毯子包着。我问爷爷能不能让我保存笔记本，我想看看里面有什么，因为我自己就有好多记事本，我每天都用紫色的钢笔（为什么是紫色的钢笔，这点你们不用管，它涉及另外一个故事，是我的秘密。）在我的记事本上记下要做的事情。爷爷奶奶同意了，爷爷还把那个盒子和那块破旧的毯子拿到店里。

那天晚上我试着看笔记本里记载的东西，辨认出了几个单词。我很努力地研究着，但是本子上的字太乱了，因此我的阅读工作进展得很慢。尽管这样，我仍然从辨认出的几个单词里意识到这可能是一个很珍贵的笔记本，因为上面提到了“贝格尔号”和“加拉帕戈斯群岛”，而这些，都和达尔文有关。紧接着，我交到了第一个好朋友，她叫劳拉·沙因，11岁半，我们在镇上的图书馆一起查找了好多相关的资料，我们俩都很喜欢达尔文先生，他的故事让我这样的孩子很受鼓舞，因为他能克服那么多困难，从来不放弃。劳拉是一个很聪明的女孩子，她会做调查报告，并且想出了一个很棒的主意：由我们创办一份免费、神秘的报纸，报纸上只报道关于达尔文的事情，我们把这份报纸在镇上免费发放。而我们确实也这么做了，我们还觉得，不说出他的名字是一个很好的主意，我们可以让人们猜，报纸上说的人到底是谁。我们给报纸取了一个名字——《“瓦斯”公报》。别问我为什么会取这个名字，这个解释起来比较麻烦。

下面发生的事情就比较糟糕了。一个嗓音让人听起来很不舒服的男人出现在我们的小镇上，那时我们对整个故事还一无所知。但是很明显，他在我们家的店铺里寻找着什么。后来，他在店铺里找到了那个盒子，打开后又仔细检查了一遍。当我爷爷说那个盒子不卖的时候，他很生气，然后离开了。爷爷当时就察觉到那个男人的出现不怀好意，于是跟我说我们要把那个盒子还有里面的毯子和笔记本交给警察。我请求爷爷晚一点再交，让我可以把那个笔记本多保留一个晚上，再多看一晚。爷爷同意了。然而，就在那个晚上，我们家的店铺着火了，被烧成一片废墟。我们陷入了极大的悲伤和痛苦。整个镇的人都出来帮忙灭火，巴克艾在店铺后门被发现，当时他已经受伤了。他说他本来想帮忙把火灭掉的，他现在还在医院里接收治疗。后来在大家的帮助下，火终于灭了，我们回到家后，我忽然想起那个笔记本，它被我放在一个曾经装水果的箱子里（我把它叫做“危险的盒子”）了。那天晚上离开家之前，我把笔记本连同盒子藏到了房子后面的杂物间里，因为那里看起来是最安全的地方。

猜猜发生了什么事情？你一定想不到，等我再去看的时候，笔记本已经被偷走了，就在我们赶去火场的时候。那天晚上是我一生中最糟糕的时刻。但我没有放弃，第二天，就和劳拉到图书馆上网，终于弄明白了丢失的笔记本的“身份”——达尔文的野外工作记录本！我们曾试着把我自己作为诱饵，引那个古怪的陌生人现身，他还停留在我们这个小镇。虽然我的眼睛几乎看不见，但是我做得很好，只不过中间出了点小问题——我从楼梯上摔下来磕破了点皮，不得不让甘德太太在我膝盖上涂一些讨厌的药膏。我不得不说，我和劳拉真的是很棒的侦探，在对那个陌生的男人进行了一番试探后，我们赶到了邮局，确认一下那个人是不是邮寄过什么包裹。因为我们猜，如果那个人聪明的话，应该不会笨到随身携带赃物，肯定会想办法把它转移走，事实证明，他的确这样做了。

后来发生了很多事情，但不管怎样，在大家的帮助下，我们最终把这个笔记本追回了。现在，警察已经抓住了那个嗓音奇怪的男人——韦德·芬纳。他已经承认曾闯入我们家的店，并且在店里搜寻要找的东西时抽了一支香烟。尽管他没有承认火是他放的，但是他供认的事实减轻了巴克艾纵火的嫌疑，听到这个消息我很高兴。想到你们失去这个笔记本的时间已经够久了，一定急于再次见到它，所以我们决定立刻把它寄给你们，和它一起寄过去的，还有十多期已经发行的《“瓦斯”公报》，随后我们还会寄上更多期，可以吗？对了，还有我们镇的地图和一些明信片，会被一起寄过去。

欢迎你们来三棵橡树小镇做客，在进入我们小镇的时候你们会看到一句标语：欢迎来到三棵橡树小镇，我们为您的到来而高兴，遗憾您的离开。我们镇上的人都很热情好客。

如果你们感兴趣，我再多写几句话。我们的店没有投保险，因此得不到任何赔偿，爷爷为此很沮丧，也很自责，但这不能怪他，因为我们家买不起保险。为了度过这段艰难的日子，爷爷把我们家的菜园子扩大了，种了更多的蔬菜瓜果，奶奶不停地烘焙点心并拿去卖。我们在原来店铺的位置（现在是一片空地了）开办了一个免费的交易场所。我们会好好生活下去的。爷爷说今年冬天我们可能会过得比较艰难，我会尽自己最大的努力帮助家里渡过难关的。

就先写到这儿吧，我们会想念这个笔记本的，永远不会忘记它。“瓦斯”现在已经是我们很好的朋友了。

致以我们最衷心的问候！

祖米（还有镇上所有人）

附：我只有一天的时间完成这封信，因为我眼睛不好，所以这封信是我说、奶奶写下来的。然后奶奶把信拿去给我的老师，菲夫蒂女士，让她在电脑上把这封信一个字一个字打出来，然后又打印出来。最后，我用紫色钢笔在打印好的信的末尾写上名字和这段话。

渡过难关

Survival

在纳博警官把我的那封信和包裹寄走以后，谁也意想不到的事情发生了，整个小镇因为后面一连串的事情渡过了经济上的难关。

一开始，世界各地的记者开始给我们打电话，第一通电话是半夜从英国打来的，爷爷以为是有人打错电话了，因而大声说了一句“打错了”就挂断了。等那个记者再次打过来，爷爷才弄明白发生了什么事情。记者采访他，他只是重复他那句“太阳从西边儿出来了”和“奇迹出现了”，这更引起了记者的好奇心。紧接着，美国各地的记者潮水般向三棵橡树小镇涌来，小镇各行各业的生意一下子全火了起来，非常火。他们来了以后要吃饭、要住宿，还会买很多东西，他们和镇上的人聊天、留影，他们采访图书馆的科鲁兹太太、小旅馆的甘德太太（她的小旅馆已经住满了人）和我的老师菲夫蒂女士。菲夫蒂女士跟记者说我是一个多么多么出色的学生（我觉得菲夫蒂女士说得有些夸张）。邮局的迪瑟先生这些天很高兴，因为邮局受到了前所未有的关注，几乎每天都有记者采访他。在我们家店铺空地上举办的免费交易的交易日已经不再只局限于星期三，因为很多人等着买东西，我们也好趁此机会多卖一些点心和蔬菜。今年的番茄收成很不错，而且卖了个好价格，那些古旧的家具也很抢手。

我们的“纽扣罐子”（就是储钱罐。——译者注）这些天变得鼓鼓囊囊了。

巴克艾是唯一一个没接受过采访的人，不过我觉得他应该不会在意这个。再过几个月他就可以回家了，因为他现在在服劳役，作为偷盗卡车以及擅闯药店的惩罚。我们在楼上收拾出了一间屋子，这屋子原来是嘉姆做针线活用的，我们把这间屋子重新刷了一层漆，铺上在交易所换来的一块地毯，挂上新窗帘。巴克艾说他现在已经是一个全新的巴克艾了，以后再也不喝酒了，我当然希望他真的戒酒了。我去医院看望过他几回，他看起来确实不一样了：被火烧伤的地方长出了粉红的新肉，头发短了，指甲不再是脏脏黑黑的了。他现在也会笑了，嘉姆和嘉珀斯说，我们笑起来一模一样。我和巴克艾之间没有说太多的话，我们都是很腼腆的人，但我觉得我们能相处得很好。毕竟，正像爷爷奶奶说的，血浓于水。如果巴克艾能够戒掉酒瘾，就可以到爷爷的菜园帮忙，现在菜园已经很大了，爷爷一个人有点儿忙不过来了，他说明年夏天我们就会有一个小型的农场了。

我忽然发现，我、巴克艾和好运之间的一些有趣的关联：首先，如果巴克艾不偷那辆卡车，或者偷了那辆车不回家，我就永远也不会有机会见到那个笔记本。而那个笔记本对我来说是一份礼物，一份改变了我的生活的礼物。其次，如果没有那场大火（如果那个笔记本是放在店里而不是放在家里和我在一起，说不定我们家的店真不会着火），巴克艾的结局就不会是被送到医院并成功戒酒，很可能会在得到帮助之前就死于酒精中毒。所以，从某种意义上来说，那场大火救了他的命，而这场大火之所以发生，是因为我坚持要保留那个笔记本。这么一想，我是不是可以认为，我们是彼此的好运气呢？我觉得是。

在我今后的人生里，肯定还会遇到很多困难和挫折，但是我已经学会该用什么样的态度去面对它们了。任何事情都有它的两面性，好与不好总是相伴而生，比如，我遇到劳拉是一件幸运的事，但后面又不得不面对与她的分离；巴克艾的逐渐好转是一件好事，但我又不得不担心他回来后会发生什么事；与镇上其他人的亲近是好事，但是我们的店却永远失去了；我们因为记者的采访而出名是件好事，但是与此同时我们不得不一次又一次回答同样的问题，这实在是一种折磨……

再有几周劳拉就要离开这里回城里去了，那时我想把“危险的盒子”送给她，她一定会喜欢的。这个盒子会让她想起我们一起的时光。虽然以后我们不在一起了，但是仍然可以一起做《“瓦斯”公报》。现在，劳拉还没走，我们正焦急地等待着达尔文家族给我们邮寄的一个很特别的包裹。我猜不出那包裹里是什么，但达尔文家族好像也很期待我们早日收到那个包裹，因为他们不只一次打电话过来，问我们是否已经收到了。迪瑟先生说，包裹一到邮局，他会第一时间通知我们。

“瓦斯”说过，记清单的习惯会让你的生活更顺畅，我和劳拉会用我们紫色的钢笔把生活中的事情都记录下来。在我的影响下，劳拉已经爱上了记清单。我和劳拉的合作越来越默契，我们对彼此的了解越来越深，我不能想象如果和她分开会怎样。我们是如此地相像，难道我们进化成同一个物种了吗？我不知道，知道了也不能说出答案。这是一个秘密，你可以掌控秘密，虽然不是每次都可以，但有的时候总是可以的；但你不能掌控生活的轨迹，至少，不能总是掌控它。

三棵橡树小镇的每一个人都觉得，“瓦斯”一定会喜欢我们这个小镇，喜欢他的小本子在镇上掀起的小热潮。现在，我们每个人都成为了他的好朋友，这点已经成为板上钉钉的事实。奇迹仍然在不断发生。

大洋彼岸的邀请信

An Invitation

那个包裹终于到了，我和劳拉迫不及待地打开外面的包装，里面满满的都是礼物，大大小小的，都用包装纸包得很精致，还缠绕着彩色的缎带，然后，我们看到了这封信。信装在一个大信封里，信封用封蜡密封着。这封信我们花费了很长时间去破译，信的原文请见下面：

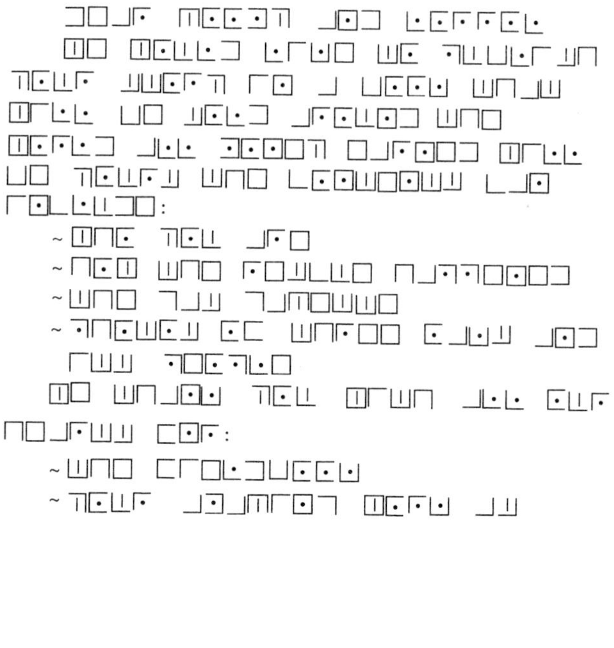

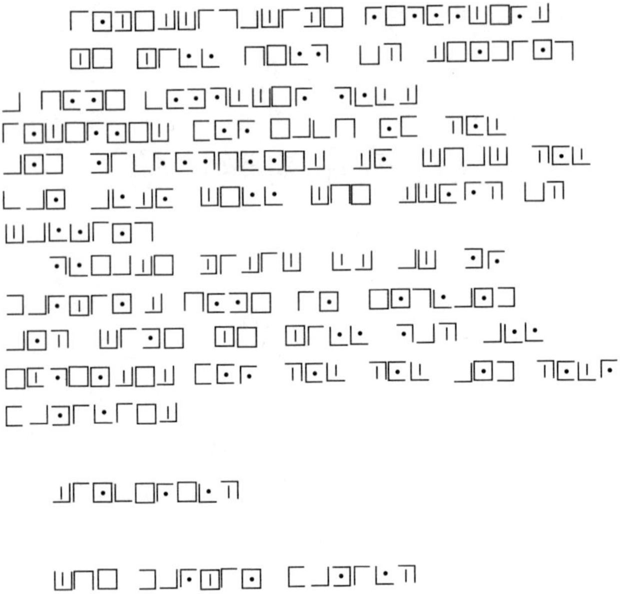

劳拉和我觉得，如果“瓦斯”知道他小时候发明的那套密码在近200年后，又被他的家人再次使用，一定会非常高兴的。一开始，我们发现每个密码都和盒子的一部分相似，一些像空盒子，一些像是装着东西的盒子。如果你想知道信里究竟写了什么，请接着往下看。下面是我们破解密码后的信件全文。

亲爱的劳拉、祖米：

你们好！我们计划把你们的故事写成一本书出版，并在全球发行，关于这本书的所有收益都属于你们。书的目录初步如下：

你们是谁

这次拯救行动如何发生的

《“瓦斯”公报》

三棵橡树小镇的照片和居住在这里的人

我们对你们做的两件事情表示最诚挚的感谢，一是你们拯救了这本野外工作记录本，二是你们作为调查记者所作出的杰出成果——《“瓦斯”公报》。

我们会提供两家用电脑（可以联网）给你和劳拉，还有麦克风，这样你们就可以通过讲述将你们的故事告诉人们。同时，欢迎你们和你们的家人来英国，来我们家里做客，我们会承担往返的所有费用。

致以我们最诚挚的问候。

达尔文家族

《“瓦斯”公报》：第 20 期

The Gas Gazette：Issue Twenty

一份关于神秘灵魂的免费报纸

❖我和妻子很相爱，和我们的孩子们住在城市郊区的一个小镇里。

❖我们的孩子快乐长大，他们善良单纯，也很淘气。

❖他们在家里可以尽情地跑、尽情地跳，有的时候他们打闹时会把椅子带翻，他们会在沙发上跳来跳去，有的时候他们也会说几句脏话。我们这个家里不存在那么多规矩，只要他们愿意，我会给他们足够的空间和耐心，让他们尽情想象和探索，但前提是不能伤害别人。

❖有时，到我们家做客的朋友会惊讶于孩子们的“无法无天”。

❖他们经常会在我工作的时候跑来书房，随手涂鸦或者蜷在我的沙发上安静睡觉。

❖他们喜欢一起玩耍，也喜欢和我还有妻子一起玩耍，他们伴随着梦想、好奇、玩耍和思考一起成长。

❖有的孩子会在我做实验时给我做助手。

❖晚年，我曾给儿子写信，信中我提到，我曾经想过，怎样才能成为一个探索者，去发现未知的事物。我告诉他我的答案——去探寻每种事物的原因和价值。当你这样去做了，你就会发现别人发现不了的。

❖这样生活永远不会感到枯燥和无趣，我保证。

❖这样生活你会发现，生活有那么多的秘密等着你去探索。

我是谁?

敬请期待下一期！免费的!

作者的话：书中哪些是真的

三棵橡树小镇是真实存在的，但书中的主人公是虚构的。我曾经多次去过这个温馨美丽的小镇，每次去的时候都很高兴，离开的时候都会舍不得。我用心写着书里面的故事，如果有不恰当的地方还请读者能够谅解。

我查阅了大量关于“瓦斯”(达尔文童年时期的绰号)的生活资料，并且尽可能保证本书中关于“瓦斯”的描述是准确的。本书中关于他的所有资料和书中所说的那个丢失的笔记本，都是百分百真实的。但是有一个细节我在书中没有提到：那个丢失的笔记本的首页上，有一个小小的标签，上面标注着63.5这个数字，并且还标注着“瓦斯”这个名字，不过这些都是后来才加到标签上去的。或许有一些研究人员会记得这个细节，但是大部分人都不知道，因此本书中就忽略了这一点。本书中，《“瓦斯”公报》部分所引用的所有资料都直接来自“瓦斯”已出版和未出版的著作、信件和笔记本。本书主人公祖米从达尔文的野外工作记录本上辨认出来的字句也都是真的，可以在网上找到。

英国文化遗产保护部门已经就丢失的这本达尔文的野外工作记录本发出呼吁，希望这件珍贵的遗产能够早日回归，同时，它也被列入《国际失踪艺术品记录》。我真心希望，这件珍贵的历史文化遗产能够回到“瓦斯”的书房，回到他和家人生活过的伦敦郊区小镇的家。如果有一天，这个愿望实现了，肯定又是一个精彩的故事。

关于书中引用的资料：哪里能找到？

得益于剑桥大学图书馆达尔文馆、英国文化遗产保护部门和许许多多达尔文的后人和朋友的慷慨相助，与达尔文相关的一切资料现在都可以从网上免费读到。只要您能上网，在电脑的搜索栏输入“达尔文”或者“达尔文相关”这样的关键词，你就能看到你想看到的所有内容，赶快行动吧！

下面这些资料是我在写作的过程中查阅过的，如果你想做进一步的延伸阅读，可能会对下面的资料感兴趣。《“瓦斯”公报》中的所有字句都是“瓦斯”自己写的，我只是借过来用而已。书中还有大部分资料来自《查尔斯·达尔文自传》(1887 年出版，作者是艾德里安·德斯蒙德和詹姆斯·摩尔·达尔文）和《达尔文与亨斯洛：一种思想的发展》(1985 年出版，诺拉·芭洛编辑)。当然还有许多其他资料，我在这里就不一一列举了，网上的资料很全。

本书主人公祖米从达尔文的野外工作记录本上辨认出来的字句也可以在网上找到，大家可以上网搜一下，上面有这个笔记本的电子版，一页一页看下去是很有意思的一件事情。

我的这本书是在阅读了大量的资料和图书后写成的，我常常被这些有趣而浩瀚的资料吸引，一头扎进去，仿佛进入了另外一个世界。我沉迷于自己的写作中，于是有了这本《危险的盒子》。

致　谢

——那些帮助过我的家人和朋友

这将会是一张很长的清单，太多的人以不同的方式给过我帮助，如果没有他们的鼎力相助和全力投入，这本书不会以现在的样子出现。谢谢你们，真心地谢谢！这本书我写了好多年，出版前又经过了很多流程，如果下面我遗漏了谁的名字，还请原谅。下面的名字，都是为这本书付出极大心血的：约书亚·帕特纳（Joshua Patner）、芭芭拉·安吉尔（Barbara Engel）、我的丈夫比尔（Bill）和我们的三个孩子、安妮·特劳特曼（Anne Troutman，我们一起分享彼此的想法）、多伊·库弗（Doe Coover，很出色的代理，也是很细心的读者和珍贵的朋友）、大卫·利维森（David Levithan，受人敬重的编辑，也是我的好友）、加里·兰格（Garry Lange）、里兹·兰格（Liz Lange）、约翰·戛纳·古奇（John Gunner Gooch，帮我热心地查找资料）、路易斯·斯科拉范尼博士（Dr. Louise Sclafani，芝加哥大学教授，视力测定师，让我了解了病理性近视）、艾莉森·文特博士（Dr. Alison Winter，我的邻居，芝加哥大学历史学教授，总是能给出建设性的建议）、保罗·怀特教授（Dr. Paul White，有一些网上查不到的资料，是他帮我在剑桥大学的资料中查到的）、鲍勃·斯特朗（Bob Strang）、大卫·马吉尔（David Magill，芝加哥大学实验学校主任，兢兢业业的图书管理者，我从他那里得到了很多宝贵的信息）和安吉拉·谢里尔（Angela Sherrill，出版社的一个奇才）。

最后，除了大卫·利维森教授外，还有我在学术研究领域的其他几位朋友：艾莉·伯杰（Ellie Berger）、苏珊·墨菲（Suzanne Murphy）、查理斯·玛劳特（Charisse Meloto）、马丽佳·科斯提（Marijka Kostiw）、特蕾西·凡·斯特恩（Tracy van Straaten）、约翰·梅森（John Mason）、罗宾·霍夫曼（Robin Hoffman）、斯蒂芬妮·努内（Stephanie Nooney）、丽莎·麦克拉奇（Lisa McClatchy）和迪克·罗宾森（Dick Robinson），感谢他们给我的帮助。

图书在版编目（CIP）数据

危险的盒子 /（美）巴利埃特 著；子淇 译. —北京：东方出版社，2015. 3
书名原文：The danger box
ISBN 978-7-5060-8084-2

Ⅰ. ①危… Ⅱ. ①巴… ②子… Ⅲ. ①推理小说—美国—现代 Ⅳ. ①I712. 45

中国版本图书馆 CIP 数据核字（2015）第 059185 号

危险的盒子
（WEIXIAN DE HEZI）

作　　者：［美］布鲁·巴利埃特（Blue Balliett）
译　　者：子　淇
责任编辑：陈丽娜
出　　版：东方出版社
发　　行：人民东方出版传媒有限公司
地　　址：北京市东城区朝阳门内大街 166 号
邮政编码：100706
印　　刷：北京中科印刷有限公司
版　　次：2015 年 5 月第 1 版
印　　次：2015 年 5 月第 1 次印刷
印　　数：1—6000 册
开　　本：880 毫米×1230 毫米　1/32
印　　张：8. 5
字　　数：105 千字
书　　号：ISBN 978-7-5060-8084-2
定　　价：32. 00 元
发行电话：（010）64258117　64258115　64258112